LEBELLI

2.

Per informazioni sulle opere pubblicate
e in programma rivolgersi a:

Edizioni di Pagina
via Rocco di Cillo 6 - 70131 Bari
tel. e fax 080 5031628
http://www.paginasc.it
e-mail: info@paginasc.it

facebook account
http://www.facebook.com/edizionidipagina
twitter account
http://twitter.com/EdizioniPagina
instagram
https://www.instagram.com/edizioni_di_pagina

Alver Metalli

Epifanie

Racconti minimi di vita e di morte

edizioni di pagina

Finito di stampare
per conto di Pagina soc. coop.
nel mese di settembre 2021
da Services4Media s.r.l. - Bari

ISBN 978-88-7470-850-5
ISSN 2280-4846

Indice

Al sacerdote José Maria di Paola,
conosciuto come padre Pepe,
protagonista e ispiratore di queste pagine

Prefazione
di Lucio Brunelli

In rapporto al numero degli abitanti l'Argentina ha avuto più morti per Covid dell'Italia e perfino del Brasile. Oltre centomila vittime – e continuano a crescere – su una popolazione di 44 milioni. La "peste" non ha guardato in faccia nessuno ma ha mostrato il suo volto più crudele nelle baraccopoli che in Argentina chiamano *villas miserias*, città della miseria, nome la cui paternità sembra risalire ad un romanzo di Bernardo Verbitsky pubblicato nel 1957 e titolato *Villa Miseria también es America*.

Il libro di Alver Metalli prende spunto dalla vita quotidiana di una di queste baraccopoli – *La Carcova* – durante il tempo terribile della pandemia. Non si tratta di uno studio sociologico ma di un diario in cui sono annotate storie, personaggi, esperienze vissute. Giornalista e scrittore metà italiano e (ormai) metà argentino, Metalli non è di passaggio nei quartieri più poveri e malfamati della periferia di Buenos Aires. Non ci ha messo il naso solo per realizzare un bel reportage o trovare ispirazione "toccata e fuga" per uno dei suoi apprezzati romanzi. Lui fra quelle casupole malandate ci vive, ha scelto di viverci, da otto anni. Scelta ardimentosa, perché nemmeno le ambulanze si avventurano a cuor leggero nei vicoli puzzolenti delle *favelas* argentine. Dove la quiete della notte è spesso rotta dall'eco sinistro di una sparatoria e la vita sembra valere meno di un *centavo*. Papa Francesco, che conosce bene l'autore del libro, ha raccontato così la scelta di vita di Alver: «Ha lasciato la sua bella casa in un quartiere residenziale di Buenos Aires per andare a vivere tra le catapecchie de *La Carcova*. Lo ha fatto perché è stato attratto dalla testimonianza di padre Pepe e ha sentito che così poteva meglio realizzare, con gioia, la sua vocazione cristiana maturata alla scuola spirituale di don Giussani e dei suoi *Memores*».

Padre Pepe è il parroco de *La Carcova* ed è anche uno dei sacerdoti più popolari in Argentina. Da molti anni realizza il suo apostolato nelle città della miseria, in un ambiente difficile e precario, rinunciando a molte delle comodità delle quali noi forse non potremmo più fare a meno. E rischiando spesso anche la pelle. Padre José Maria di Paola – questo il suo nome per esteso – ha ricevuto minacce di morte da *narcos* locali perché sottraeva loro "clienti" negli Hogar de Cristo, ricoveri dove i tossici possono provare a liberarsi dalla droga. Non è un prete-antimafia, però, padre Pepe. È un prete e basta. Messe, battesimi, processioni, e una piccola comunità cristiana di cui fanno parte *cartoneros* (raccoglitori di cartone), lavoratori precari, disoccupati, uomini e donne del popolo, che col tempo è cresciuta e di molto: testimonianza di Cristo vissuta con umiltà e allegria, facendosi prossimo alle persone più povere ed emarginate.

Alver Metalli, approdato in Argentina oltre trent'anni fa, è diventato amico di padre Pepe e ad un certo punto della sua vita – nel 2013, non a caso l'anno dell'elezione pontificia di Bergoglio – ha sentito il desiderio di condividere la missione di questo sacerdote, senza abbandonare il suo mestiere di giornalista e scrittore, ma donando sempre più tempo al servizio della comunità cristiana che stava espandendosi nella baraccopoli.

C'è tutta questa storia, questa densità umana, dietro *Epifa-*

nie, ed è bene conoscerla per apprezzarne meglio il contenuto. Un libro che assomiglia molto a un romanzo: in alcune pagine sembra di leggere una *Spoon River* latino-americana, galleria di personaggi vagamente surreali come la venditrice dei biglietti della lotteria alla quale Metalli dedica uno dei suoi ritratti più riusciti; storie di delinquenti finiti male o redenti *in extremis* dalla Grazia di Dio che si palesa tramite l'umanità accogliente (ma per nulla dolciastra) di padre Pepe e dei suoi amici. Tutti personaggi veri, ovviamente, non frutto di fantasia. Storie, a volte, di vite improbabili, ancor più scombussolate dalla diffusione del virus. La pandemia ha paralizzato quasi del tutto ogni attività nella *villa*, ha impedito quei lavoretti in nero che procuravano in tempi normali qualche sostegno alle famiglie, rendendo problematico ora anche provvedere al cibo quotidiano. Così Metalli ci fa vedere, con i suoi racconti, le file che ogni giorno si formano in vari punti della baraccopoli per la distribuzione di un piatto caldo. Senza riparo, sotto la pioggia gelida, portandosi appresso contenitori rudimentali dove ricevere il cibo. Tremila pasti al giorno, assicurati da una capillare rete di volontari nata e organizzata attorno alla parrocchia di padre Pepe. La sorpresa più vera e più bella, questa incredibile manifestazione di carità e solidarietà, per l'autore del libro. E infatti *Epifanie*, il titolo, trae ispirazione letteraria dallo scrittore James Joyce che con questo termine intendeva un'improvvisa rivelazione spirituale, causata da un gesto, un oggetto, una situazione quotidiana, che sembrano apparentemente banali, «ma che svelano qualcosa di più profondo, di più significativo e inaspettato». La rivelazione per Metalli è la solidarietà sbocciata all'interno della *villa*, come risposta alla violenza mortifera della "peste". A mobilitarsi sono persone – uomini e donne – che vivono nella baraccapoli, non anime generose che vanno e vengono dai quartieri bene di

Buenos Aires. Persone a cui il lockdown ha tolto il lavoro e la malattia ha tolto parenti e amici. Potrebbero starsene al sicuro, nelle loro abitazioni, invece rischiano tutti i giorni il contagio spostandosi all'alba verso la parrocchia di padre Pepe; un gruppo a sbucciare patate e preparare le verdure, un altro gruppo a cucinare, un altro gruppo ancora a lavare i pentoloni e sanificare i locali. E poi i volontari addetti alla distribuzione, all'aperto, in sei punti diversi della *villa*...

«La solidarietà – scrive Metalli –, soprattutto quando abbraccia una popolazione vasta ed è prolungata nel tempo, non è qualcosa di automatico e neppure si improvvisa da un giorno all'altro. Non bastano gli appelli ad essere solidali per moltiplicare le solidarietà, non bastano le esortazioni a condividere con gli altri tempo, energie e risorse [...]. Quello che è avvenuto in epoca di pandemia, la grande mobilitazione che si è vista in azione nelle baraccopoli, ha un retroterra di fede – sostenuta, sviluppata e tradotta in opere – che è del singolo ed è del popolo. Un retroterra di devozione popolare. Fatta di invocazione dei santi, di imitazione delle loro virtù. Di confidenza nella Madonna. Di rosari e di giaculatorie».

E dietro la scelta radicale di vita dell'autore del libro cosa si nasconde? Un eroico altruismo, un innato spirito d'avventura, da soli, non potrebbero reggere nel tempo l'urto della realtà per nulla romantica delle *villas miserias*. Soprattutto non potrebbero rendere possibile – insieme – un realismo senza sconti e quell'ultima serenità, persino il sorriso, che traspare nello sguardo di chi scrive queste pagine. Metalli non ama parlare troppo di sé, da bravo cronista-testimone mette in primo piano le storie degli abitanti della villa e l'azione dei sacerdoti che fanno capo a padre Pepe. Con pudore, senza svelare nomi e dettagli, accenna a una foto che da 40 anni si porta appresso in ogni suo trasferimento latino-americano ed ora si trova nella stanzetta umida e assediata dai topi dove alloggia nella baraccopoli. Lo ritrae con don Luigi Giussani, suo amico e padre nella fede, alla terrazza di un aeroporto, in procinto di partire. Un lungo viaggio che non si è ancora esaurito e per ora sta facendo tappa in «un suburbio della periferia di Buenos Aires infettato, come tutto il mondo, da una peste che uccide e ancora non ha cura».

Epifanie
Racconti minimi di vita e di morte

In letteratura l'epifania è, secondo Joyce, un'improvvisa rivelazione spirituale, causata da un gesto, un oggetto, una situazione della quotidianità, forse banali, ma che rivelano inaspettatamente qualcosa di più profondo e significativo.

Notte

«La civetta lancia un grido nella notte senza odori, il ragno strappa la tela e penzola nel vuoto. Le pietre che si staccano dal crinale rotolano sul fondo della valle con strepito; la pianura pacifica si popola di stridori. I boschi si aprono. Visti da lontano sono tante gole fameliche spalancate sull'orizzonte. Indosso un attonito sguardo di colpevole»

Anonimo

Futuro con pandemia

I colori della fotografia hanno perso la brillantezza di un tempo, quando l'aggressione della pandemia era di là da venire. Sono diventati di un giallo opaco, come se una nebbiolina tenace li avesse emulsionati in un unicum senza tempo. I pixel sono sgranati, segno che l'ingrandimento a cui l'istantanea è stata sottoposta in un momento della sua storia ha dilatato oltre ogni possibilità un piccolo originale dal formato standard.

Ci sono due uomini nella fotografia, sorpresi su un terrazzo. Uno, quello più giovane, ha le mani in tasca e il sorriso smagliante offerto all'obiettivo con spavalderia, l'altro, più attempato, è colto nell'atto di dire qualcosa. La parola non ha ancora raggiunto le sue labbra, i pugni, però, sono socchiusi, per lo sforzo, forse, di accompagnarla lungo la gola. È qualcosa di sentito, dunque, quello che sta per dire. Che viene da dentro come un grumo pesante che si fa strada verso l'uscita.

Entrambi gli uomini, un uomo-uomo l'uno, un ragazzo in verità l'altro, si trovano su un balcone, la terrazza di un aeroporto si direbbe, dalla porta scorrevole alle loro spalle e da quello che sembrerebbe un pezzo di pista d'atterraggio su un angolo dell'inquadratura. Stanno per partire, pertanto: dal taschino delle giacche spunta la carta d'imbarco. Per un viaggio di molti chilometri, quando ancora si poteva, verso una destinazione che richiede un aereo per essere raggiunta.

Due forme, l'uomo e il ragazzo, fissate dalla macchina fotografica in un punto indeterminato dello spazio, in un istante del tempo libero da contaminazioni. Un tempo già passato, certo. Quarant'anni farebbero pensare gli abiti che indossano ed i colori. Forse qualcosa di più. Ma quanto futuro in quell'unica immagine! Un futuro ancora ignoto.

Quel giorno.

Misterioso.

Quel giorno.

Promettente, forse.

Una spinta verso l'oggi. Che si sarebbe esaurita in un suburbio della periferia di Buenos Aires infettato, come tutto il mondo, da una peste che uccide e ancora non ha cura.

Pane quotidiano

Tutti i giorni, da quando è iniziata la quarantena[1], si distribuisce cibo nella baraccopoli. Davanti ai punti di consegna le file si allungano come i giorni di segregazione e l'elenco delle morti quotidiane. Trecento pasti, cinquecento, ottocento, millecinquecento, tremila e passa e non ci sono segnali che la quarantena stia per finire e le vittime fatali inizino a diminuire. Non c'è

[1] Il termine quarantena è di uso corrente nei quartieri popolari e nelle *villas*. Con esso si designano le misure di confinamento, di blocco o di chiusura, indicate anche con l'anglicismo *lockdown*.

dubbio che gli affamati aumenteranno ancora con il passare del tempo, e con tutta probabilità le file continueranno a formarsi negli stessi punti di oggi anche una volta attenuato il morso della pandemia.

I circuiti del cartone sono chiusi e chi viveva della raccolta, i *cartoneros*, non va in giro a raccattarli per venderli come ha sempre fatto. I riciclatori di rifiuti non sciamano più con i loro carretti dove gli ammassi di spazzatura sono più promettenti come facevano all'alba molto tempo fa. E quelli del rame hanno visto essiccarsi le fonti del loro approvvigionamento. Anche chi viveva di lavoretti, tagliare l'erba nel giardino di qualche casa, verniciare un cancello o qualche facciata, ha tirato i remi in barca ed ozia in attesa di chiamate che non arriveranno.

Chi prestava le braccia a giornata per un trasloco, chi svuotava uno scantinato, non ha richieste. I venditori ambulanti che percorrevano le strade della *villa* hanno posteggiato i loro truck di latta colorata, gli autisti di quartiere con le loro auto a noleggio scalcagnate aspettano chiamate che non arriveranno, le donne che friggevano patate e stendevano piadine di mais agli angoli delle strade hanno spento i fornelli. Il Rey del Chory non arrostisce più le salsicce in piazza dei Lavoratori e anche la venditrice dei biglietti della lotteria gira guardinga tra le casupole di legno e latta offrendo la sorte a chi non la può comprare. I manovali, molti provenienti dal Paraguay, passano le giornate a mani conserte, le carrucole penzolano come carrube dall'albero dalle case in costruzione, le betoniere sono spente.

L'economia informale, come si suole chiamarla, è ferma, il microcircuito di compravendita che manteneva in vita la popolazione della *villa* è interrotto.

Nutrirsi diventa un assillo quotidiano.

Terza guerra mondiale

Telefono a mio babbo in Italia per sapere come sta. Si chiama Virgilio, ha 97 anni e tutta la sua vita è trascorsa a Riccione. Da negoziante prima, rappresentante di commercio poi, pensionato oggi. Si avvicina al momento del grande viaggio senza scossoni, e questo del coronavirus non gli fa paura. Gli dico che anche dove vivo io, in una baraccopoli alla periferia di Buenos Aires, oggi è iniziata la quarantena. Ha pena di me, mi pensa indaffarato ad occuparmi degli altri e quindi più in pericolo di quanto non lo sia il resto della popolazione argentina. Mi chiama figlio, "figlio mio". Non l'ha mai fatto. Poi, con il respiro affaticato, va con il pensiero alla Seconda guerra mondiale, quando era appena ragazzino. «Ci nascondevamo dai tedeschi figlio mio, per non essere presi e portati in Germania a lavorare, ma adesso, da *questo*, non possiamo nasconderci». *Questo* è il Covid-19, una parola tecnica troppo difficile per i suoi anni, la "peste" come la chiamano sbrigativamente gli argentini nella *villa*. Ricorda con più facilità che la linea del fronte passava poco distante da casa, nel riminese, che gli Alleati liberatori, appoggiati dai partigiani, li incalzavano avanzando dal sud e i tedeschi occupanti retrocedevano verso nord caricando sui camion delle braccia giovani da portare in Germania a lavorare. Una sorta di compensazione per le distruzioni che stavano interessando il loro stesso paese.

Lui si è nascosto e l'ha fatta franca.

Questo di associare il coronavirus con la guerra è il suo modo di stabilire una comparazione, di prendere le misure a *questo* killer invisibile che colpisce dove vuole, a questa megera con la falce in spalla che è acquattata fuori della porta e scruta le sue prede, pronta a entrare e ghermire chi ha molto vissuto.

Venditrice di fortuna

La venditrice di biglietti della lotteria ha i capelli cenerini e i denti radi. Non ha paura della peste che si aggira cercando chi divorare. Batte le strade della *villa* come il vento d'inverno che sibila tra le casupole di mattoni e zinco. Fischia anche lei quando passa, per far sapere che la sorte si avvicina e cambierà la vita di chi non se la lascerà scappare.

Il suo andare è stanco, ma sicuro, il suo fischiettare sfiatato ma ancora lo si sente a due isolati di distanza. Si capisce che vende la sorte da una vita, che forse non ha fatto altro che vendere fortuna da quando è venuta al mondo.

Sa dove pescare i suoi clienti, anche quando la quarantena li reclude nelle case. Non abbastanza, però, da renderli inavvicinabili. Lei sa come fare, è donna di lungo corso e dalle molte astuzie. La venditrice di biglietti della lotteria li aspetta quando escono a fare la spesa. Si acquatta nelle vicinanze di una bottega, si aggira nel posteggio di un supermercato. Devono pure mangiare! – dice tra sé e sé. Si apposta all'angolo di una farmacia. Qualche acciacco da curare ce l'hanno tutti! – pensa con precisione. Percorre la fila di chi aspetta il proprio turno avanti e indietro come una fisarmonica, sgranando la litania di sempre, da venditrice avvezza, che sa piazzare la propria mercanzia.

«Oggi è il giorno buono» – bisbiglia con aria complice –, «il 17 manca da tre settimane e cadrà nella rete».

I suoi clienti li guarda dritto negli occhi. Non c'è soggezione nel suo sguardo. Sa di cos'hanno bisogno più di loro stessi. Non di solo pane vive l'uomo. Non di soli vaccini ha bisogno il corpo. E offre la sorte agitando davanti ai loro occhi un tesoro di numeri dai colori sgargianti. La lotteria, sembra dire, non inganna, se saprete prenderla quando passa. Tocca chi deve toccare, come la peste che va di qua e di là e non si sa dove si fermi.

Tre giorni fa ha bussato alla porta di Anibal il calzolaio. Era ancora vivo e vegeto l'ultima volta che lo aveva visto, qualche giorno fa; aveva parlato con lui del più e del meno, come fa una buona venditrice di biglietti della lotteria, ma il suo sangue mezzo spagnolo e mezzo argentino non l'ha salvato. La peste è arrivata nella bottega del ciabattino dopo di lei e gli ha strappato, con la sorte, anche la vita.

La venditrice di biglietti della lotteria non si scoraggia mai. La fortuna la vende e la compra a modo suo. Come se questo fosse un tempo come un altro, dove tentare la sorte è ancora la cosa più sensata da fare.

Giochi di magia

Il sole tramonta sul suburbio. La linea d'ombra viene avanti lentamente, così lentamente che bisogna chiudere e riaprire gli occhi due o tre volte per accorgersi dello spostamento. Le colline d'immondizia scompaiono come per arte di magia, sottratte alla vista da un pietoso gioco d'ombre. I depositi di cartoni s'innalzano come montagne incantate, le casupole di legno e latta sembrano un presepe natalizio.

È l'ora in cui la peste funesta lavora di più, e i più piccoli rientrano nelle case per schivarla obbedendo al richiamo dei più grandi. L'orma di cento piedini calpesta la terra dei viottoli, la polvere s'attacca alla pianta dei loro piedi nudi mentre sgambettano in avanti come goffi girini in uno stagno. La peste, intanto, s'acquatta nell'ombra che avanza con la falce sguainata. Non ha ancora deciso, ma lo farà presto.

Preparati per morire

Eriberto e María Dolores siedono sullo scalino davanti a casa. I gomiti si sfiorano, le braccia pendono accasciate lungo i fianchi come carrube da una pianta. Loro la vita l'hanno già vissuta e adesso hanno tempo da perdere. Per loro la quarantena è iniziata ben prima che la peste la reclamasse. I figli se ne sono andati da tempo, fanno la loro vita nella grande città. Di tanto in tanto passano a visitarli, ma sempre più di rado. Da quando è iniziata la quarantena, poi, non sono più venuti. Dicono che non vogliono far correre rischi ai propri genitori.

Non tutta la prole di Eriberto e Maria Dolores ha avuto fortuna. Quella di mezzo, la Nicole, è morta partorendo il terzo figlio. Un giorno la venditrice di biglietti della lotteria glielo voleva dire che per farne di buoni ci vogliono i fianchi grandi e molta concentrazione, e a lei non pareva che la figlia di María Dolores ne avesse abbastanza. Ma quella volta non glielo disse. La venditrice di biglietti della lotteria non butta le verità in faccia alla gente.

Lui ha in mano il guinzaglio del cane, una bestiola nera dal muso aguzzo da furetto, che però non dà nessun segno di volersene andare. L'animale è mogio e spento come i suoi padroni. Non scodinzola neppure a chi gli manifesta un po' di simpatia.

Lei indossa un vestito nero e ha lo sguardo a terra. Non si sa quando l'abbia alzato per l'ultima volta. È già pronta per morire.

L'angelo sterminatore

L'angelo sterminatore questa notte ha bussato alla porta di Chili. Le strade sono deserte per la quarantena, deve aver pensato, e questo è un buon momento per regolare i conti. Lui, il Chili, ha aperto la porta e il colpo gli ha trapassato l'occhio. Dicono che avesse fatto uno sgarbo a quelli del Lirri quando l'onda della peste non era ancora arrivata a lambire la *villa*, e che abbia fatto in tempo a vedere il Mencha che scappava con l'occhio sano.

La vecchia madre l'ha tirato dentro casa prendendolo per i capelli. Lasciava dietro di sé una scia di sangue come la bava di una lumaca. Lei aveva già capito tutto appena sentita l'esplosione. Non c'è stato bisogno che la venditrice di biglietti della lotteria glielo dicesse che quel figlio, avuto con un muratore che lavorava due isolati più in basso, dove le baracche finiscono e comincia l'immondezzaio pubblico, ce l'aveva segnato, il destino, sin da quando s'era messo con la banda di quelli del Chaco. Controllano il fondo della *villa* e non ammettono che si smerci in quel territorio senza il loro permesso. Un permesso che costa.

Prima del Chili ci aveva provato la Mosca ad infrangere le regole, e prima ancora il Zurdo. Uno ha avuto la testa spaccata con una pietra, l'altro un coltello nella gola. Donna Victoria, la madre del Chili, se la vedeva venire la disgrazia. La peste l'ha presa di sorpresa, il piombo no.

Stufato fumante

Nella *villa* del padre Pepe si dà da mangiare agli affamati, come comanda il Vangelo. E per non dimenticare il dettato divino, sulla porta della cucina hanno trascritto in lettere grandi le parole di Cristo ai suoi: «Denles ustedes de comer». Così tutti i giorni, a mezzogiorno, si distribuisce un piatto caldo da quando è iniziata la quarantena, tanto tempo fa, così tanto oramai che si è perso il conto. Lo preparano degli uomini e delle donne che vivono in questo modo l'isolamento a cui sono tenuti dalle norme sanitarie del governo. Mettono a repentaglio la loro sicurezza, come del resto le persone che vengono a mangiare spinte dalla necessità. Pelano patate, tagliano cipolle, grattugiano sacchi e sacchi di carote tutti i giorni, aprono barattoli di passata di pomodoro, rivoltano sacchetti di carne macinata e impastano farina. In grandi pentoloni di alluminio, su stufe da campo militari, cucinano quello che la Provvidenza fa arrivare nei depositi di alimenti aperti in diversi punti della *villa*. Un gruppo prepara le porzioni, altri le consegnano. Alla fine del servizio arrivano quelli che lavano pentoloni e stoviglie e predispongono tutto quel che serve per il pasto del giorno dopo.

Sono uomini e donne che non vogliono ammalarsi, ci tengono alla salute e alla vita, hanno tutti figli, nipoti, nonni che li attendono a casa, e aspettano il cibo che gli porteranno come uccellini nel nido.

Tra loro ci sono muratori, domestiche, donne che prestano servizio in case benestanti dei quartieri vicini, impiegati comunali, qualche lavoratore del settore trasporti, e tanti altri che il lavoro non ce l'hanno e vivono di *changas*, come gli argentini chiamano quelle occupazioni precarie che aiutano a sbarcare il lunario.

Per tutti il lavoro è sospeso o ridotto al minimo, e dedicano il loro tempo e le loro energie ad alleviare il bisogno degli altri. Senza niente in cambio eccetto un piatto di quella stessa minestra che cucinano per chi viene tutti i giorni a prendere una razione di cibo nel punto convenuto.

I poveri, i bisognosi, quelli che non possono cucinare o non hanno di che, fanno la fila davanti al cancello del Milagro, di Itatì, di San Francesco Solano, della Medaglia Miracolosa e di villa 13 de Julío. E proprio quando i contatti dovrebbero essere più rarefatti e le prossimità diradarsi, le file si stirano come un elastico e i gomiti si avvicinano. I commensali portano con sé ogni sorta di recipienti, tapper, pentole, bidoni, casseruole, scatole di plastica, vaschette del gelato, barattoli che un tempo dovevano contenere qualcos'altro e che in mancanza di meglio servono ad essere riempiti con le razioni di cibo. E mentre se ne vanno con il bottino in mano ancora fumante vengono alla mente le parole del papa argentino all'inizio del suo pontificato: «Io vedo la Chiesa come un ospedale da campo dopo una battaglia. È inutile chiedere a un ferito grave se ha il colesterolo e gli zuccheri alti! Si devono curare le sue ferite. Poi potremo parlare di tutto il resto. Curare le ferite, curare le ferite... E bisogna cominciare dal basso»[2].

Sono parole che, rilette oggi, con il pianeta alle prese con una pandemia ancora inestinta, e che nessuno è in grado di assicurare che non ritorni sotto altre forme, nell'Argentina scossa dalla peste del Covid che sembra non finire mai, hanno una aderenza alla realtà che non può non fare impressione.

Flordelisa

Flordelisa è davvero un fiore. Un virgulto di cicoria selvatica del Paraguay dagli aromi delicati anche adesso che la malattia la tormenta. Ha un tumore alla testa, che è sceso alla colonna vertebrale e le ha compromesso le gambe. Lascia il letto con fatica per sedersi su una sedia a rotelle che le hanno procurato dei vicini mossi a carità dalla sua giovinezza maltrattata. La

[2] Cfr. «La Civiltà Cattolica», Quaderno 3918, pp. 449-477, anno 2013, vol. III, 19 settembre 2013. Anche «L'Osservatore Romano», anno CLIII, n. 216, sabato 21 settembre 2013.

quarantena l'ha intrappolata in Argentina e forse non la lascerà andare da viva.

Il movimento di passare dal letto alla sedia a rotelle le produce sofferenza. Anche così, quando il dolore non le deforma l'espressione, lei sorride a chi le fa visita.

Ha iniziato il suo calvario molti mesi fa, all'inizio della quarantena, ricorrendo agli ospedali argentini che però di questi tempi hanno altro a cui pensare. Non c'è tempo per i malati terminali, che i quasi morti seppelliscano i loro morti è la filosofia che impera anche quando non è declamata.

Da qualche giorno le hanno sospeso il trattamento chemioterapico e non si sa quanto tempo ancora le resterà da vivere. Il tumore non è operabile e farà il suo corso con una progressione che non è dato prevedere. Ma la fine è inesorabile, a meno di un miracolo. Lei ci spera, confida in una grazia che le restituisca la molta vita che manca all'appello dei suoi pochi anni. E le permetta di rivedere il padre, i fratelli e gli amici che pregano per lei in Paraguay. Lo chiede tutti i giorni alla Virgen de Caacupé, la Madonna nazionale del suo paese, che se ha salvato un indio dalle mani di un suo nemico, come vuole la tradizione, può ben guarire una figlia di questa tribolata nazione che si trova esiliata in un altro paese!

Quando le hanno detto che la medicina non può più fare niente per sanarla, Flordelisa ha pianto. L'ha fatto in un momento in cui nessuno la guardava. Non si sa neppure come se ne andrà, con fatica, con dolore, o stordita dalla morfina che le dà la madre, visto che neppure le cure palliative le possono essere somministrate con l'emergenza tutta concentrata sulla peste funesta.

Il baio

C'è un baio che deambula per la *villa* sin dalle prime luci, quando non c'è in giro nessuno. Inizia il suo girovagare dove le baracche si diradano, in un campo che la maggior parte del tempo è colmo di immondizia. Di lì si sposta per cercare i fili d'erba che spuntano tra le mattonelle del marciapiedi, sfiora i bordi delle strade con il muso calloso ignorando qualche cane randagio che si avvicina per annusare i suoi passi e degli uccelli che pensano di beccare qualcosa nelle chiazze di escrementi che di tanto in tanto dissemina nella sua scia. Il baio c'era anche prima, quando la peste era di là da venire, ma con la quarantena e le strade quasi deserte tutti gli angoli sono suoi. È il padrone assoluto degli spazi, e lui li batte con meticolosità da affamato col suo seguito di occasionali compagni.

È un puledro di poco valore, basso di garretti e gonfio di pancia. La bocca è deformata dal morso che devono avergli messo più padroni. Al vederlo sembra che gli abbiano tirato addosso una secchiata di calce per sbiancargli il pellame.

Fruga con il muso nella polvere, e non disdegna la buccia di mela che fuoriesce da qualche sacchetto dell'immondizia che i cani della *villa*, prima di lui, si sono affrettati ad aprire. Di tanto in tanto si ferma davanti ai rigagnoli che scorrono lungo i marciapiedi, abbassa la criniera spelacchiata e frulla il liquido con la lingua scura prima di ingurgitarlo.

Al suo proprietario, un meccanico di quartiere che concentra nella propria casa officina, abitazione e stalla, è costato giusto quello che voleva spendere: qualcosa in più di tremila pesos, meno di tremilacinquecento quando un dollaro valeva la quarta parte di quel che vale oggi. Che non valesse neppure quelli lo può vedere chiunque lo incontri rovistare con il muso le colline d'immondizia all'entrata della baraccopoli, dove passa di preferenza il tempo dopo aver percorso i viottoli più nascosti.

È libero di muoversi, non ha briglie né redini, e potrebbe andarsene dove vuole, ma non lo fa. Come i buoi impazziti di *Disperato aprile* che girano attorno alla macina anche quando sono stati sciolti dal giogo[3].

Intanto scaccia le mosche che gli si appiccicano addosso agitando la coda sfilacciata come quella di una scopa. Aspetta il suo momento, quando dovrà tirare il carretto con sopra la statua del Gauchito Gil nel giorno della processione che padre Pepe dedica ogni anno all'indomito santo bandolero senza aureola, chiamato questa volta a lottare con un nemico imponderabile e più crudele.

Incubo

Il grido esplose con il fragore di un tuono. «Perché?» Si perse in lontananza, roco respiro di disperazione. «Perché adesso?» Il brusio dei moribondi si rapprese attorno a lui. «Perché mi porti via adesso?» L'urlo rimbombò con forza selvaggia. «Perché adesso, perché proprio io?» Gli uccelli volarono spaventati nelle quattro direzioni. «Non sono pronto...» Tre si fermarono su di un ramo nodoso nella piazza della *villa*. «No, non sono pronto!» Il grido si frantumò in tre echi. «Mi restano molte cose da fare, molte da rimediare.» L'uno rincorse l'altro come un galoppo di cavallo. «Perché in questo modo? Perché qui? Non

[3] Il riferimento è al film di Walter Salles del 2001, tratto dal romanzo *Aprile spezzato* di Ismail Kadaré. Mentre il romanzo è ambientato in Albania, il film è ambientato in Brasile, dove una coppia di buoi muove la pietra che tritura la canna da zucchero.

sono pronto!» Danzò nell'aria un ansimare d'agonizzante. Poi tornò il silenzio tra le catapecchie.

Non c'era nessuno ad ascoltarlo. Anche gli angeli erano fuggiti, lucertole spaurite davanti al trattore roboante.

L'oscurità giunse e coprì la terra.

Si fece silenzio tutt'intorno.

E la morte non venne.

Vite in fila

Alle sei e mezza del mattino, quando la luce non ha respinto ancora l'oscurità, la gente della *villa* esce di casa e cammina alla spicciolata verso i punti di ritrovo. Si formano i primi capannelli negli angoli delle strade, che non faranno che aumentare con il passare delle ore.

Uomini e donne di provincia dagli sguardi mesti, intrisi di sonno e sopportazione. Portano addosso la polvere del Chaco, i silenzi di Santiago dell'Estero, le distanze di Corrientes e i calori roventi di Misiones. Ma anche paraguayani e boliviani che le prospettive di una vita migliore hanno spinto ad emigrare. Si incolonnano con rassegnazione dove sanno che qualcuno darà loro un canestro di alimenti con dentro cinque chili di prodotti di prima necessità: olio, cacao, latte, zucchero, passata di pomodoro, pasta, riso, lenticchie, l'erba *mate* di largo consumo in questi posti, e qualche confezione di scatolette a lunga conservazione. Già nel momento di riceverli sanno che dovranno ingegnarsi a farli durare tutta la settimana, fino a quando si rimetteranno in fila per il prossimo paniere.

Quando arriva il loro turno e possono abbandonare la fila per la borsa degli alimenti è il momento di formarne un'altra, per ricevere la razione di cibo da consumare seduti sul marciapiedi o nella propria casa. Sfilano davanti ai volontari della distribuzione con in mano i tapper aperti che sanno verranno riempiti con la pietanza del giorno. Per sé e per altri familiari che sono rimasti a casa. O per il vicino che si vergogna ad andare di persona a ritirare il cibo della carità. Si ricomincia il giorno dopo, con altre file, questa volta per declinare le proprie generalità e accedere al sussidio familiare d'emergenza disposto dal governo per attenuare gli effetti devastanti della crisi nei settori più popolari. Una nuova fila li attende poco distante dalla *villa*, al bancomat di quartiere per ritirare il denaro depositato dal governo sul loro libretto di risparmio.

File davanti ai tavoli dell'agenzia di previdenza sociale, che nei giorni della pandemia manda i propri funzionari nei suburbi per monitorare la situazione e accordare sussidi straordinari a chi è allo stremo. Poi fila per la vaccinazione antinfluenzale nell'infermeria edificata ai margini della *villa*, fila per la spesa davanti ai supermercati di quartiere, fila nelle botteghe ortofrutticole di proprietà di boliviani e peruviani, rinomati nel commercio di ortaggi. Fila per ritirare del vestiario per l'inverno dove si trova il deposito della Caritas, fila davanti al camion mobile del ministero della Salute inviato nelle periferie per realizzare il tampone ai sospetti di contagio. Fila, infine, per la sepoltura nel cimitero di quartiere quando fosse il caso, giacché il numero delle fosse da scavare eccede sempre quello delle tombe già disponibili. In attesa della fila più attesa, quella per ricevere il vaccino che dovrà allontanare la peste e restituire salute e libertà.

Qui si mescolano abiti e carismi

C'è posto per tutti nella parrocchia ospedale da campo delle *villas* un tempo frequentate dal vescovo Bergoglio. Religiosi e religiose di congregazioni le più svariate, giovani seminaristi, membri di movimenti ecclesiali, volontari di associazioni laiche o di ispirazione religiosa, esponenti di movimenti sociali e Ong, volontariato cattolico ed ebraico, e anche qualche islamico che a titolo personale collabora con le opere educative o sociali che sorgono come risposta alle necessità delle popolazioni locali. Tutti fianco a fianco in questi giorni pestilenti, tutti mescolando abiti e carismi: le suore vestite di bianco della congregazione Santa Marta che, seguendo l'intuizione del fondatore Tommaso Reggio, vivono nel mondo contemplando il mistero di Dio in un umile e silenzioso servizio a favore dei più piccoli, le Adoratrici del Sangue di Cristo sbarcate in questi paraggi mezzo secolo fa su richiesta del vescovo del luogo, le Sorelle della Provvidenza, la Juventud Gaia, con il gruppo giovanile chiamato Esperanza, poi carismatici, neocatecumenali, laici con esperienze in Opus Dei, Comunione e Liberazione, Movimento dei Focolari, Comunità di Sant'Egidio, laiche consacrate e laici ispirati al monachesimo trappista o a quello francescano. Un poliedro, come è solito chiamarlo papa Francesco, «che riflette la confluenza di tutte le parzialità che in esso conservano la propria originalità»[4]. Tutti accomunati da una volontà di presenza che vuole incarnarsi "dentro" le situazioni e generare "dal basso" la risposta ai problemi della vita dei più poveri.

Dal di dentro e dal basso. Due regole d'oro. Un duplice criterio per giudicare della bontà di un'azione riformatrice che abbia la pretesa di realizzare cambiamenti significativi e duraturi. C'è chi vuole produrli dal di fuori e dall'alto, beninteso. I risultati, in questo caso, sono differenti e la loro data di scadenza anche.

C'è un pensiero di papa Francesco esposto in una intervista

[4] *Evangelii Gaudium*, n. 236.

sull'America Latina che spiega il duplice dinamismo, mostrando i limiti di un impegno che voglia prescindere da esso[5]: «A volte i politici delle diverse organizzazioni che cercano di aiutare i poveri hanno difficoltà a capire le caratteristiche culturali di questi poveri concreti». L'incomprensione – a detta del papa – ha ricadute sulla qualità stessa dell'azione: «Per questo il loro aiuto verrà percepito sempre come 'esterno' a essi, come qualcosa che gli arriva da persone benintenzionate ma strane». Ne discende una conseguenza che il passare del tempo rende sempre più visibile: «Tali aiuti produrranno certamente un sollievo, ma non avranno forza di trasformazione, di consolazione, di stimolo, di reale vicinanza».

All'enunciazione del limite di un aiuto che non muova dal di dentro e dal basso di una situazione determinata il papa fa seguire una esemplificazione chiarificatrice: «Nel caso dei sacerdoti che vivono in quartieri molto poveri, cercando di promuovere le persone con i loro propri tempi e la loro propria cultura, quello che succede è diverso. Gli abitanti li sentono come parte di loro stessi: vivono con loro, condividono i loro limiti, le loro insicurezze, i loro timori, i loro sogni». Di qui la possibilità di una centratura dell'azione trasformatrice: «Le organizzazioni sociali che vogliono lavorare per i poveri e 'con loro', potrebbero trovare in questi sacerdoti i loro migliori alleati, che li aiuterebbero a capire dal di dentro chi sono, come sono e come possono veramente essere promossi questi poveri, dal di dentro e dal basso [...]. Perché non c'è cambiamento reale e duraturo se non si produce 'dal di dentro e dal basso'».

Il criterio enunciato viene dal papa riferito anche alla Chiesa

[5] Papa Francesco, *America Latina. Conversazioni con Hernán Reyes Alcaide*, Edizioni San Paolo, Cinisello Balsamo 2019.

della cui verità è garante ultimo: «Questa è la chiave dell'Incarnazione, che anche la Chiesa ha bisogno di vivere nella sua pastorale. Perché nemmeno alcuni settori della Chiesa sono capaci di entrare in questa dinamica. Parlano di formare, di educare, di istruire, di insegnare, e così, collocandosi dal di fuori, guardando ai poveri come sottosviluppati, non potranno mai raggiungere una vera fecondità pastorale».

Segreti

Pioviggina nella villa, ma la venditrice di biglietti della lotteria non può permettersi di restare a casa a mani conserte. L'estrazione della Lotteria nazionale, quella della notte, l'ultima, è la più attesa. Un paio di numeri si fanno aspettare da due settimane e qualche biglietto sa che lo venderà anche con il maltempo. Al suo abbigliamento di sempre ha aggiunto un sacco dell'immondizia, perforandolo su di un lato per far passare la testa e proteggere il corpo dall'acquerugiola fastidiosa che inzuppa i vestiti.

La venditrice di biglietti della lotteria sa dove andare quando piove, la *villa* la conosce a menadito, e cammina con passo sicuro verso la macelleria del fondo, quella di Ramón, il re della carne. Già che c'è butta l'occhio nel corridoio degli innamorati. Conosce chi abita in quel *pasillo*, chi c'è sotto quelle lamiere di zinco, e come si guadagna da vivere. Chi occupa la stamberga con il murale di Che Guevara dipinto sulla parete, e di cosa si alimenta nei giorni della pandemia. Sa quali sono gli appetiti più segreti degli ultimi arrivati, quelli che hanno piantato la baracca sulle sponde del rigagnolo dal nome bellico, il Reconquista che scorre ai bordi della grande discarica. E sa cosa rispondere quando le chiedono se verranno davvero i gendarmi a sgomberare l'area come hanno sentito dire dal figlio di Iacopo, il fornaio.

Fischia la venditrice di biglietti della lotteria, non c'è maltempo che la scoraggi. A chi la interroga risponde che il 60 uscirà nella prossima estrazione ed il 79 arriverà a ruota.

Che Carlitos abbia messo incinta la vicina non è un segreto per lei. Doveva succedere, era solo questione di tempo. Tra poco ci sarà anche un figlio suo nel fondo della *villa* e bisognerà fargli posto. Il baio di Fidel il meccanico è un libro aperto. La venditrice di fortuna ha sempre delle foglie di melone con sé e quando lo incontra girovagare nella *villa* gliele strofina sotto la pancia. È sicura, non c'è nulla di meglio per le coliche dell'addome, siano uomini o cavalli a soffrirne. È la prima a sapere che Evandro, il muratore, da due giorni è trincerato in casa con la febbre. Può essere *dengue*, c'è sempre stato da queste parti, lei lo sa, o può essere la nuova peste arrivata da chissà dove. La moglie gli prepara infusioni di foglie di ginepro. Lei lo sapeva che gli sarebbe successo qualcosa l'ultima volta che gli ha letto la sorte. Prima della quarantena gliel'ha cantata, non può dire di no. E gli ha recitato un'altra verità: all'inverno succede la primavera, ai giorni di pioggia quelli di sole, alle disgrazie la buona fortuna. Perché lei porge la sorte da una vita, e certe cose le sa.

Spera ci sia sorte anche per lei, un destino buono, domani o dopo, doman l'altro o il giorno che verrà, e che la peste divoratrice passi senza sfiorarla.

Tempo di peste, tempo di radio

Radio Cristo de los villeros è esplosa come la peste, con la peste. Rivelandosi uno strumento di rapporto formidabile per raggiungere la gente che vive giornate inusitate nell'isolamento del tutto peculiare di una baraccopoli.

Tutti i giorni dalle sue frequenze viene trasmessa la messa, seguita da centinaia di persone, che si moltiplicano la domenica per la celebrazione di precetto. Il rosario quotidiano ha picchi d'ascolto di tutto rispetto e le parole che padre Pepe rivolge ai suoi parrocchiani viaggiano nell'etere ed entrano nelle case molto attese. Una fitta ragnatela di volontari le inoltra a sua volta lungo i canali impalpabili delle reti sociali più frequentate, WhatsApp, Twitter, YouTube, Instagram, l'ultimo arrivato, il TikTok che fa impazzire i giovani, incrementando ulteriormente il numero degli ascoltatori.

La moltiplicazione degli ascolti è uno degli effetti collaterali della pandemia che non era stato previsto. Una conseguenza benefica, in questo caso. Quella di una piccola radio dalla portata modesta a cui l'incedere del coronavirus ha impresso l'andatura di un gigante.

Anche il Vangelo del giorno ha i suoi banditori, in due giovani sacerdoti che alle nove del mattino si siedono davanti ai microfoni e ne danno lettura, accompagnandolo con qualche pensiero su quel che suggerisce in questo tempo interminabile e disgraziato.

Radio Cristo de los villeros informa quando si effettueranno le vaccinazioni stagionali, e quella antinfluenzale di grande importanza nei giorni di inverno. Dalla radio si sa quando e in che punto della *villa* si stabiliranno i veterinari che entrano per castrare i cani, quando e dove potranno essere ritirati gli ortaggi, dove la verdura fresca appena inviata dal mercato centrale.

La funzione sociale della radio è stata enormemente accentuata in questo tempo di pandemia. Il tam-tam radiofonico avverte che una nuova casa per anziani è alle porte, un'altra per ragazzi afflitti dalla droga è prossima ad aprire i battenti ed una terza per ragazzi di strada è in fase di allestimento. La radio unisce chi è separato, informa chi è recluso, consola i più provati, risolleva gli animi degli abbattuti. Crea comunità quando il virus spinge all'individualismo. Dalle frequenze di Radio Cristo de los villeros si sa quando verranno distribuiti alimenti a chi ne ha bisogno, dove e quando si potrà andare a ritirare del vestiario, il giorno in cui arriveranno gli oftalmologi nella *villa* per il controllo della vista, quando sarà il momento degli odontoiatri o degli infettivologi e quando arriveranno i funzionari del registro migratorio per rinnovare i documenti di identità o farne di nuovi a chi non ne ha.

Attraverso Radio Cristo de los villeros si può seguire la festa che i boliviani dedicano alla loro Madonna nazionale, quella di Copacabana, incensata di aromi da un pugno di devoti e accompagnata nell'etere da un maggior numero ancora di connazionali. Tutte le feste patronali che fanno capo alle diverse comunità etniche, stabilitesi nella *villa* in tempi diversi, vengono trasmesse e seguite per radio, per radio si partecipa alla novena dedicata a san Giovanni Bosco fino al giorno della sua festa, quando anche la vita del santo torinese percorrerà le reti sociali arrivando in punti altrimenti irraggiungibili.

Sciogliersi dall'abbraccio della vita

Noelia sa che non le resta molto da vivere nel mondo infetto della pandemia. Pensa a quello che verrà, e si prepara ad andarci. È sicura che là riceverà Cristo, e vuole presentarsi degna e monda alle porte del suo regno. Ne è convinta, anzi, sembra essere l'unica certezza che ha nell'incertezza dei suoi giorni afflitti da un cancro che non le lascia scampo. La madre le sta al fianco tutto il tempo da sette mesi a questa parte. Non vuole che sua figlia se ne vada da sola come capita per tanti in questi tempi contaminati. Ha lottato con le autorità dell'ospedale perché non la separassero da lei, e ci è riuscita.

È contenta, pur nel dolore per quel che sa dovrà succedere, che Noelia chieda di ricevere la comunione per prepararsi all'appuntamento che l'attende. E se non c'è un sacerdote a portata di mano, che sia un laico a darle il viatico di cui ha bisogno più ancora della morfina che le somministrano da un paio di settimane.

Sono stato preso di sorpresa dalla richiesta. Porto alimenti nelle case di persone inferme da quando è iniziata la quarantena, ma è la prima volta che qualcuno reclama un cibo differente, un "alimento per l'anima" come lo chiamava il vecchio catechismo.

Ho esitato, ci ho pensato su, ho chiesto consiglio ad un sacerdote amico. Mi sono anche fatto spiegare da chi sa di queste cose come bisognasse comportarsi in un caso così, e quali fossero le preghiere che andassero recitate in un momento come quello. Il giorno dopo sono andato da Noelia con un due ostie consacrate avvolte in un fazzoletto bianco, una per lei l'altra per la madre, e un foglietto con trascritte le invocazioni per i morenti.

Quando sono entrato nella sua stanza Noelia ha capito subito cosa avessi nell'involto e ha sorriso. Aspettava quella particola come le medicine palliative che hanno iniziato a somministrarle. Si è sollevata e si è seduta sul letto con grande sofferenza, la mamma si è messa al suo fianco rimanendo in piedi nell'atto di scortarla al cospetto di Cristo eucarestia.

Mi ha fatto impressione come mai prima leggere davanti a loro le formule che precedono l'atto di impartire la comunione, le richieste di perdono per la poca carità, per la poca fede, per la mancanza di speranza, e quell'affidamento totale in Chi dà la vita eterna e può resuscitare anche il corpo martoriato nell'ultimo giorno.

Non ho aggiunto nessuna parola, e del resto non avrei saputo cosa dire. Tutte le parole erano state dette, quelle giuste, quelle per chi lascia una vita di sofferenza e va incontro alla vita che non finisce più. Le parole di cui l'anima ha bisogno.

Come ci si può preparare a morire così? Esiste poi un modo? Avvicinandosi quel momento estremo la sua stessa prossimità ci aiuta ad accettarlo? Il mistero che ci ha chiamati all'essere ci ha dotati anche della capacità di scioglierci in pace dall'abbraccio della vita?

Delivery con coca

Il Chino si apposta nel punto che gli è stato assegnato. Gira le spalle ad una nicchia di pietre dagli inconfondibili colori rossi e neri. È uno dei tanti tempietti costruiti in memoria di un santo argentino senza aureola, il Gauchito Gil, celebrato nella *villa* più di un riverito giusto del calendario liturgico. Il Chino non si considera un suo seguace, ma ne ha sentito parlare da sua madre, da sua nonna forse, e chissà non meriti del rispetto come si fa con una persona anziana o qualcuno più saggio di sé! Dalla postazione che ha occupato scruta chi si avvicina e chi si allontana. L'occhio è sospettoso, avvezzo a riconoscere quando qualcosa non va per il verso giusto. Perché lui deve far la guardia, sorvegliare il suo pezzo di *villa* anche nei giorni della grande peste, quando pochi si avventurano per i viottoli e chi lo fa ha il passo veloce di chi non si ferma senza una buona ragione. Sa bene che i disperati che cercano droga non hanno bisogno di ragioni e l'astinenza è più forte della paura del contagio.

Il Chino ha il telefono cellulare sempre in mano, per avvertire chi di dovere che è arrivato chi era atteso, che c'è qualcosa di strano nell'aria, che il Chili, la Mosca e il Zurdo hanno sconfinato, che la *merca* gironzola dove non dovrebbe, che gli acquirenti non si sono fatti vedere e neppure il Gatto ha fatto arrivare il pacchetto che aveva promesso. Alla venditrice di biglietti della lotteria non fa caso, lei ha la bocca cucita anche se fischia e può andare dove vuole.

È il suo lavoro di soldato, piantonare e avvertire, sorvegliare e riferire, vigilare e lanciare l'allarme quando fosse necessario. Riceverà la sua dose di felicità a buon mercato a fine giornata. La sua ricompensa, il suo guadagno. La sua distruzione. Perché la peste ha depresso lo spaccio nelle *villas* ma non l'ha fermato. La droga è più longeva del coronavirus, e più letale.

Intanto, nella casa del fondo, di mattoni e latta, altri come lui confezionano la pasta di cocaina in piccoli sacchetti. Marcos li dividerà in bustine ancora più piccole, per venderle e farci il suo guadagno. Ma più tardi. Quando il sole starà tramontando e l'astinenza morderà le carni. Son cose che si fanno quando cala l'oscurità e la notte è inoltrata. È quello il momento giusto. Il Rapaz passerà a ritirare le bustine e le porterà a domicilio dove sa che le aspettano, il Sapo farà la stessa cosa, ma più lontano, oltre l'autostrada, dove vivono i ricchi e dove il Chili è già stato bruciato e non può più farsi vedere, fin nelle mani di chi aspetta la sua dose di morte, più implacabile della peste.

Strappi

Quello che si è temuto senza prenderne vera consapevolezza, quello che la coscienza ha cercato di schivare relegandolo in un limbo di ottusa lontananza, comincia a succedere per davvero.

Padre Pepe s'infila nei viottoli della *villa* per portare l'unzione ai moribondi, come dei suoi confratelli con un abito differente facevano in altri tempi con gli appestati. Le veglie funebri e i rosari notturni attorno alla salma di chi non ce l'ha fatta sono più frequenti con il passare dei giorni. Alle morti delle persone anziane e già segnate da una qualche malattia, se ne aggiungono altre, di giovani in buona salute di cui non si conoscevano particolari fragilità.

I WhatsApp annunciano il contagio di amici, il loro ricovero negli ospedali, raccontano la lotta strenua per sopravvivere attaccati ad un respiratore, chiedono preghiere se si è credenti, e fanno arrivare anche le notizie più temute. I messaggi luttuosi hanno un sapore amaro. Percuotono l'anima come magli portando in superficie ricordi di momenti compartecipati o di una qualche affinità condivisa a distanza.

Gli strappi da chi viene portato via scuotono l'essere di chi resta. La morte degli amici, così assurda, così imprevista, addolora e fa pensare alla propria. E a quel che ci aspetta oltre la soglia tanto temuta. A Chi ci aspetta, quando la coscienza è avveduta.

Forse è il modo con cui la natura rende l'inaccettabile un po' più familiare a noi stessi.

Critici pandemici

Tu, che di sghimbescio ti introduci nelle discussioni.

– Non è tua intenzione criticare, premetti.

Così acuto nel cogliere le smagliature, perspicace nell'additare i limiti altrui, implacabile accusatore di meschinità aliene.

Entri nel dialogo in tono sommesso mostrando le palme delle mani sbiancate d'innocenza.

– Le regole son regole, la segregazione va rispettata e le distanze non si possono discutere, argomenti.

Biasimi le parole omesse, condanni quelle proferite. Le parzialità del prossimo tuo sono frecce di una faretra sempre piena. Sottolinei – prima di ogni altra cosa – le mancanze di chi hai davanti.

Ti disponi alla disputa con negligenza.

– Vi sono tirato per i capelli, dichiari.

Il tuo parlare inocula un veleno dall'azione lenta, più letale del virus che scorrazza per il mondo. Come la peste non ha odore, non ha sapore, non ha colore. La macchia tossica si allarga sotto la pelle. Si ingrandisce, non c'è chi la contenga.

Nella voce vibra una critica permanente. Sospetti di tutto, di tutti diffidi. L'arco della critica ha la corda sempre tesa.

– Giudizi che servono a migliorare, assicuri.

La tua vita trascorre in perpetua veglia. La lama dello scetticismo separa l'aria in due parti. Sembra che in cuor tuo ti auguri il fallimento dei tuoi simili. Di più: reputi la capacità di mettere a nudo la corruzione della natura umana il dono che Dio ha fatto all'intelligenza della tua mente.

– A me non mi si prende per il naso, avverti.

Il pugnale guizza dietro la schiena. D'improvviso affondi lo stiletto nelle carni fino al manico, giusto nel punto in cui la pelle è più tenera.

Mortadela

Il suo nome è Pereira, ma nella *villa* lo conoscono tutti come *Mortadela* – in spagnolo la "l" in questo caso non raddoppia – o, più familiarmente, *Morta*. Nemmeno lui sa il perché di questo nomignolo, che lo lega ad un salume universale quasi come la pandemia di Covid. Gliel'ho chiesto e mi ha guardato a lungo senza sapere cosa rispondere, risultandogli strano – anzi – che occorressero spiegazioni. Qualcuno, per una qualche ragione, un giorno deve averlo chiamato così, un altro ha sentito il soprannome e l'ha ripetuto trovandolo adatto al portatore. Finché Pereira si è dissolto nella nebbia ed è diventato *Mortadela* per tutti.

Lui ci ha messo molto a capire cosa sia la quarantena e ancor di più per prendere coscienza del pericolo inerente. In ogni caso, che qualcuno l'abbia dichiarata non ha cambiato la sua routine quotidiana fatta di frenetico rovistare nei sacchi dell'immondizia disseminati nelle strade della baraccopoli che considera di sua pertinenza.

Morta arrotonda il sussidio che riceve dal governo argentino con qualche altro traffico poco chiaro. Il primo è il corrispettivo per un lavoro da spazzino di quartiere. In effetti in alcuni momenti del giorno lo si vede con uno scopettone in mano che spinge a valle l'acqua ristagnante ai lati dei marciapiedi, dove un altro come lui ripete la stessa operazione. Da spazzino a spazzino, di scopettone in scopettone l'acqua sempre più torbida termina in un rigagnolo putrido, dove la *villa* finisce, chiamato rio Reconquista.

La spazzatura lo ostruisce, le carcasse delle auto rubate fanno da ponte tra una sponda e l'altra, ma questo non ha molto a che vedere con il lavoro di *Mortadela* e dei suoi compagni di ramazza. L'intralcio al deflusso dell'acqua verso il suo destino sono proprio quei cumuli di carcasse di auto ammonticchiate dentro al fossato come tante stalagmiti. Calcinate e ripulite di tutto quello che poteva essere venduto. Ogni tanto una gru ne solleva dei grappoli e le carica su un camion, ma le cataste tornano a innalzarsi imperterrite dopo un lasso di tempo alquanto breve.

Morta ha anche un bidone della spazzatura tutto suo montato su due grandi ruote, e con questo raccoglie selettivamente di qua e di là quello che a suo criterio merita di finirci dentro. Dove riversi il contenuto della pattumiera una volta riempita è uno dei molti misteri della *villa*.

Morta trascorre la maggior parte della giornata in strada, anche se ha una casa all'angolo tra due vie. Sono quattro pareti senza intonaco coperte da un tetto di zinco che tempo addietro ha chiesto e ottenuto da padre Pepe che lì, nelle vicinanze, stava costruendo una scuola professionale dedicata a monsignor Romero non ancora santo. In questa stanza-dormitorio-deposito *Morta* compulsa tutto quello che per lui ha un qualche valore, cose vecchie per lo più, riscattate in quel suo deambulare diuturno all'interno di un perimetro tutto sommato limitato a quattro cinque isolati. Non si spinge oltre le colonne d'Ercole di due alberi malati che spuntano sull'orizzonte delle baracche.

La sua frenetica attività, il suo incessante attivismo, lo spingono a girare come una trottola tra un *passillo* e l'altro, raccattando tutto quello che si può prestare a un qualche futuro utilizzo, che probabilmente neppure lui sa quale potrà essere. Raccogliere e conservare sono la faccia di una stessa medaglia. Adesso che la per lui incomprensibile peste con relativa quarantena colpisce i suoi simili, *Morta* si è offerto di portare le razioni di cibo a casa di chi non può muoversi. Lo fa con grazia inusitata. Tutti i giorni si presenta nel punto di distribuzione con il coperchio di uno scatolone sostenuto sul palmo della mano a mo' di vassoio. Aspetta che gli incaricati gli appoggino sopra le razioni e parte come un razzo per i vicoli della *villa* a portarle a chi le aspetta. Tra questi ultimi c'è anche qualche infetto in isolamento e, in questo caso, *Morta* appoggia a terra la vivanda davanti alla porta e batte le palme delle mani per segnalare l'arrivo del cibo. Se ne va solo una volta che l'uscio si apre e la persona in quarantena si affaccia, sicuro che non saranno i cani a banchettare.

Possibilità infinite

Comincia un altro giorno. Uno in più di una quarantena estenuante. Un giorno infettato come quelli che lo hanno preceduto, e come quelli che seguiranno per molto tempo ancora. La luce del mattino entra nella stanza come ieri, ieri l'altro e il giorno prima. Nell'aria c'è del pulviscolo in emulsione che brilla e si spegne come uno sciame di stelle fugaci. È lo stesso di sempre, o forse no, nella vita luminosa che s'accende per un istante potrebbe esserci anche la fine, la morte, il virus impalpabile che penetra e uccide.

I pensieri che si affollano nella testa prima ancora di mettere i piedi giù dal letto da alcuni giorni sono gli stessi.

Cosa succederà oggi? Quel caso, ai margini della *villa*, l'infettato che è morto, quanti ne avrà contagiati? E gli altri due nella *villa* 13 de Julio che sono risultati positivi al tampone, quanti vicini hanno contaminato? Il passaggio veloce nella casa del paraguayano per portargli il materasso e le coperte, adesso che gli hanno trovato addosso la peste, avrà delle conseguenze?

Quella di venire infettati è una eventualità ogni giorno meno remota. Era distante alcuni mesi fa, una sorta di eco da un altro mondo. Un giorno non meglio precisato l'oceano è stato attraversato, sorvolato per essere più precisi, e la peste si è avvicinata alle coste dell'America Latina passando per l'Europa. Ma ancora non abbastanza vicina da suscitare un allarme generalizzato. Fin quando non è piombata in mezzo a noi, nei nostri quartieri, nei suburbi super popolati, tra le case di quei ghetti a cielo aperto che sono le baraccopoli di Buenos Aires e della sua periferia.

Quanti delle centinaia di *villeros* che fanno la fila tutti i giorni davanti al punto di distribuzione per ricevere il vassoio di stufato risulterebbero positivi se fossero sottoposti a un tampone per il Covid-19? Da dove verrà il contagio fatale? In che momento entrerà nel nostro organismo il virus invisibile dalla testa incoronata? Che danni provocherà?

Che vertigine pensare a quante possibilità si giocano sotto i nostri occhi in uno spazio determinato, quello di una *villa*, e in un tempo tutto sommato circoscritto, quello di una pur lunga, lunghissima quarantena!

L'incendio

Sono le cinque di un pomeriggio primaverile, soleggiato e fresco. L'aria pulita e ingannatrice non ha nulla dell'infezione che tartassa la *villa* oramai da sei mesi. *Morta* è piantato sul bordo della strada, la sua vera casa. Guarda con una certa disperazione le volute di fumo scuro che escono dalla sua baracca. Si avvitano davanti al suo sguardo sconsolato, cambiano direzione a seconda degli umori di un venticello che giusto nel pomeriggio ha cominciato ad alitare. Non cerca neppure di spegnere le fiamme, rassegnato, come altri che accorrono guidati dalla colonna di fumo che sale verso l'alto, alla perdita di quel tugurio e delle cianfrusaglie che ha stipato dentro. Un vicino accorre con un secchio e lancia l'acqua contro la porta arroventata. L'acqua sfrigola e sputa un fumo bianco che per alcuni secondi si mescola con quello scuro che sale verso l'alto.

Morta non sembra interessato all'iniziativa spontanea del vicino, che invece prosegue la sua opera di soccorso e torna sui suoi passi per ricaricare il secchio. *Morta* non lo guarda neppure, muove un passo a destra o a sinistra come se il cambio di angolazione possa modificare qualcosa di quello che sta avvenendo davanti ai suoi occhi. Tra un saltello e l'altro pronuncia delle parole incomprensibili, a metà tra un lamento e una imprecazione. Altri vicini si danno voce per incoraggiare una qualche iniziativa che appoggi quella spontanea del primo intervenuto. Ma l'appello accorato non va oltre la mera esortazione.

Quando il fuoco purificatore ha oramai compiuto la sua opera e la baracca è un cumulo di ceneri fumanti, *Morta* abbandona la scena dell'incendio e riprende il suo deambulare nella *villa*. Si sbraccia in spiegazioni non richieste con chiunque incontri, esponendo ai quattro venti che le fiamme sono state accidentali, che lui si era allontanato per un momento dai suoi possedimenti e uno dei tanti fili elettrici della ragnatela di allacciamenti abusivi che spiove sulla sua casupola come un salice piangente ha prodotto la scintilla inceneritrice. La versione subisce variazioni con il cambiare degli ascoltatori e l'incendio diventa di volta in volta sempre più accidentale sino all'autocombustione.

Non c'è nessuno che contraddica la sua spiegazione, nessuno che si pianti di fronte a lui insinuando una verità diversa, ma alcuni vicini, lontani dalle sue orecchie, assicurano che qualcuno ha dato fuoco alla baracca per trasmettergli un qualche recondito messaggio che a lui non può sfuggire, ma non direbbero mai chi è stato.

È più probabile la seconda spiegazione.

Parole dalla barca che affonda

Un cielo plumbeo sovrasta un solitario papa che muove alcuni passi rivolto verso una piazza luccicante, sosta davanti a un Cristo crocifisso, prega un'antica Madonna romana. Poche parole su una tempesta che scuote la barca, su tenebre dense che si impadroniscono del mondo, su uomini impauriti che non sanno cosa fare. Parla di un Gesù sereno e fiducioso che dorme sulla poppa di una chiatta che imbarca acqua. È il 28 marzo dell'Anno Domini 2020, un sabato. Il virus sconosciuto miete vittime in ogni punto dell'Orbe terracqueo e terrorizza i popoli.

A tredicimila chilometri di distanza un sacerdote suo amico compie lo stesso gesto all'interno di una cappella adibita a svariati usi, da campo da basket a mensa popolare. Ci sono solo una manciata di persone davanti all'altare, e l'inusuale, sproporzionato silenzio della *villa*, solitamente piena di suoni e di voci. Proprio il silenzio è il tratto più irreale della scena. E la solitudine che quest'anno accompagna la Quaresima afflitta dalla pandemia.

Quarantena ha la stessa radice di Quaresima. Entrambe rimandano a un periodo di tempo convenzionale che richiama i quaranta giorni nel deserto, dopo il battesimo di Gesù, e quelli che ci vorranno per spezzare l'aggressività della peste feroce che ci affligge. Di fatto si sovrappongono anche nel suono e hanno lo stesso numero di sillabe. La prima – la quarantena – raffigura l'atto di isolare o auto isolarsi per scongiurare un pericolo o diminuirne gli effetti deleteri, la seconda – la Quaresima – un tempo di penitenza e purificazione. In America del Sud, la Pasqua cade in giorni di fine estate normalmente caldi, e la Quaresima comincia alla fine del carnevale in *villas* attraversate notte e giorno da bande rumorose di tamburi e trombe.

Anche così, nell'irreale silenzio e senza i suoi *villeros* davanti agli occhi, il celebrante dai lunghi capelli sa bene a chi rivolge il sermone di Pasqua e come parlare alle proprie pecorelle impaurite. Sa in quali case lo stanno ascoltando in quel momento, e chi siede al loro fianco. Sa cosa mangiano quel giorno se provengono dal Paraguay, qual è il cibo tipico nelle case dei boliviani, cosa c'è sulle tavole dei peruviani e con che piatto festeggiano la morte e resurrezione di Cristo i residenti di Santiago dell'Estero, di Tucuman o di Corrientes, emigrati nella *villa* in tempi diversi.

Al momento prescritto commenta il Vangelo di Giovanni, la visita delle donne al sepolcro «quando era ancora buio», la pietra rimossa all'entrata, la gara tra i due apostoli a chi arriva per primo sul posto, lo sprint finale del prediletto e l'ordine d'arrivo che si inverte, con Pietro che precede Giovanni nel loculo vuoto.

Ricorda che Gesù in un momento determinato della storia degli uomini ha squarciato l'oscurità per dare senso alla loro vita di stenti, che non è diversa da quella che conducono i suoi ascoltatori del momento. E che per questa ragione gli uomini delle *villas* possono guardare con speranza al futuro anche nel bel mezzo della peste che li reclude in casa. Ricorda poi chi cucina in questo tempo di quarantena per dare un piatto caldo a tanti che ne necessitano. Chi batte i marciapiedi della *villa* per disinfettarli perché i bambini vi possano giocare. Ricorda le case per anziani aperte in questi giorni di peste, quelle per alcolizzati, le case per i drogati. Tutti modi, anche questi, per andare dietro a Cristo risorto facendo il bene dei fratelli in una contingenza nuova, sconosciuta prima d'oggi.

Annuncio, speranza, corsa. Sono le tre parole declinate nella messa pasquale, ricordando anche il solitario papa che all'altro capo del mondo attraversa la piazza deserta per pregare davanti ad un antico crocifisso invocato contro la peste di altri tempi.

La Galopera

Rosa ha ottant'anni a occhio e croce. I suoi occhi sono rugosi e faticano a stare aperti. La cataratta cala sulle pupille e lei guarda il mondo dalle due fessure sempre più strette. Anche così non vuol far nulla per porvi rimedio, di operazioni non ne vuol sentir parlare. Ha già visto abbastanza, sembra dire; dopo la pandemia, se sopravviverà alla peste, non avrà bisogno di vedere altro.

Cammina per le strade della *villa* tutta ricurva, irrigidita da chissà quale artrosi, molto lentamente, appoggiandosi a un carrello del supermercato che qualcuno deve averle dato un giorno che neppure ricorda. Non lo lascia mai. È la spalla su cui addossa i molti anni e gli acciacchi della vita, il suo bastone, la protezione contro la pestilenza spavalda che le scivola attorno cercando di ghermirla ad ogni passo. Lei comunque non si nasconde. Va tutti i giorni a ritirare la razione di minestra come tanti dei suoi vicini che le sconsigliano di fare quel tragitto accidentato. Ma lei non li ascolta. Che pensino ai loro, di acciacchi, sembra dire con il suo comportamento ostinato, quelli che si vedono e quelli che non si vedono.

Appena arriva all'appuntamento s'informa sul mangiare. Oggi c'è riso con ali di pollo, le dicono. Servito in un vassoio di plastica usa e getta, con una pagnottella sopra come la ciliegina sulla torta.

Rosa non fa commenti. Non vuole che i volontari le portino la porzione a casa come fanno con altri anziani come lei. Quando si avvicina al marciapiedi e qualcuno si fa avanti per aiutarla, lei lo respinge. Con garbo la prima volta, con ruvidezza poi, se questi insiste. Non vuole nemmeno che la sostengano per le ascelle, che le mani forti dei militari la sollevino di peso e la posino oltre lo scalino del marciapiedi. Se qualcuno ci prova a staccarla dal carrello, lei strilla mostrando i pochi denti che le rimangono, e si afferra ancor più strettamente al suo sostegno.

Quando cammina cantilena un qualche motivo in lingua guaraní, quella che conosce meglio e che parla più volentieri quando ne ha la possibilità... *ipotyro pe nde reraaa Galopera...* Adesso il suono è stanco, annebbiato dagli anni e dai malanni, ma si capisce che da giovane doveva avere una bella voce... *ipotyro pe nde reraaa Galopera...* E intanto canta Galopera, della stirpe indolatina, di razza guaraní come lei, la Galopera dalle trecce infiorate, *ipotyro pe nde reraaa Galopera...* la Galopera che strega i giovanotti quando danza, e porta l'acqua al pellegrino sulla punta dei piedi come una ballerina... *kiritope atupanoi atupanoi nde jurup ta heñoi...*

Quel soffio lieve che ti può portare via

Oggi la peste è entrata nella casa di Ramiro e la sua famiglia. È anche passata vicino alla baracca di don Miguel, ma è uscita subito dagli spifferi delle pareti. In quella di Nestor il boliviano non si è fermata. La venditrice di biglietti della lotteria dice a tutti quelli che incontra che è stata lei ad averla messa su una pista falsa, e che non era arrivato ancora il momento del macellaio. Lei sa come evitarla la vecchia megera con la falce in spalla che si aggira per la *villa*. Le sue arti di indovina l'hanno avvertita che era meglio non andare nei tuguri vicino alla ferrovia ed è tornata sui suoi passi.

Due giorni fa è morto Santiago di Corrientes, il figlio di Ramón che ha fatto appena in tempo a tornare nella sua terra prima che la quarantena lo bloccasse nella *villa*. Per questo Santiago è morto intubato e solo come un cane. Aveva vari figli in giro e non ha potuto nemmeno salutarli. I due fratelli Contreras e la loro madre sono stati portati in isolamento nel collegio dei salesiani di San Andrés. Lui, Martín detto Chupete, ha fretta di tornare a casa per via dei ladri che si aggirano più voraci della peste. Leandro il meccanico vive nella casa di fianco a quella dei Contreras ma non c'è stato modo di convincerlo a fare il tampone.

Mentre ripasso mentalmente il bollettino della settimana mi viene in mente un libro di qualche anno fa, e la citazione che mi ero trascritta pensando ad altro. «Con un solo soffio disperderò il tuo mondo, i tuoi monumenti di metallo e pietra, e i tuoi stracci a righe vivaci. Si spargeranno ai quattro venti, come tanti aghi e birilli. Farei più fatica a spengere una candela. Fiuu! Ecco fatto: non esisti più»[6].

Chiamati per nome

Arrivano i vecchietti. Gustavo è sciancato dalla nascita, Balthazar arzillo come un ragazzino, lo storpio Tomas cammina zoppicando in cerca di un appoggio ad ogni passo. Leandro ha la barba ispida e gli occhi arrossati, Ivan un nome russo che non sa come gli sia finito addosso. Saud sì, ha antenati arabi finiti in Argentina con gli immigranti libanesi dopo la Prima guerra mondiale. I vecchietti sono stati chiamati uno ad uno nelle pieghe più recondite della *villa* per nasconderli dalle grinfie della peste che li incalza con la falce sguainata. Bussa alla porta anche Eusebio. Viveva solo, in una baracca fredda d'inverno e in estate afosa, alimentato dalla compassione dei vicini. Peque arriva dietro di lui. Viveva in famiglia, com'è giusto che sia, con donne e bambini che rendono più lieve la vecchiaia. Ma gli spazi erano quelli che erano, e non si potevano mantenere quelle distanze così raccomandate dalle autorità sanitarie con le misure di quarantena. Nella casa per anziani ci sono già Fidelio, Tiago

[6] Paul Harding, *L'ultimo inverno*, Neri Pozza, Vicenza 2011.

e Roman di Catamarca, che un tetto tutto loro non ce l'avevano, e usavano quello di altri.

Briosi o azzoppati, deformi o in buona forma, logorati, comunque, da una vita trascorsa in larga parte in un ghetto che moltiplica le difficoltà.

Le persone anziane sono molto benvolute nella *villa*. Le si ascolta, le si vezzeggia. I molti anni vissuti sono un titolo di merito agli occhi di chi ha a che fare con loro. Gli eccessi di quando non hanno più il controllo delle proprie facoltà li si sopporta con indulgenza. Il benessere di un uomo e di una donna attempati è considerato più importante di quello dei più giovani. Se c'è da dividere qualcosa, a loro, agli anziani, va la misura più grande, e se qualcosa abbonda è per loro la parte migliore.

Il rispetto per i vecchi è una peculiarità di questi luoghi, una cosa buona che la *villa* ha da insegnare a chi vive nei quartieri benestanti.

In genere si cerca di evitare che le persone anziane compiano sforzi eccessivi, che non vengano sottoposte a fatiche superflue.

Adesso ci sarà un posto per loro dove potranno stare fin quando la peste non sarà passata, se mai se ne andrà veramente. Con una stanza, la doccia calda, due pasti al giorno, la merenda quando si potrà, la televisione se vorranno vederla. E molta pulizia e affetto tutt'intorno.

Giornalisti nel tempo della peste 1

Ci vuole del coraggio, quello che ha l'anima quando è grata. Per gente come noi, amico, è un istante d'ardimento quel che occorre. Che tutto di umiltà è fatto. O credi forse che basti la buona volontà, il retto volere, il pensiero affilato, che taglia ed entra, separa, cuce, stringe, incalza. Pensi che il pensiero possa? Credi che ottenga? Che aggiusti e che risolva? Che governi il vivere spingendolo al suo buon destino? O pensi forse che la destrezza di parola riesca, ottenga dove non può la forza? Dove s'arrende l'ostinazione e il volere abbassa la guardia? Pensi che la parola possa? La parola che crea, avanza, che semina e irriga?

No, amico, sii sincero, guardati attorno in questi giorni di pandemia, guardati dentro. Indugia sulla faccia di chi ami. Quanta volontà, quanto pensiero! E parola esperta, colorata, autorevolmente proferita. Osserva quel che vedi, riconosci quel che osservi. Le parole son forse rimedio alla disperazione della falce che miete? Son barriera al buco che risucchia tutto, che ogni cosa attira e inghiotte?

Sconfiggono lo scetticismo, le parole? Vincono forse la battaglia con la peste che cavalca aitante, l'arduo combattimento che il giorno d'oggi non ha concluso, che quello di domani ricomincerà daccapo, e che il dì che viene consegna al successivo?

La Madonna che brucia i tappabocca

Romulo gironzola per le stradine della *villa* raccattando cartone. Sa dove trovarlo, quello spesso, dei barattoli di pomodoro, ma se la messe è scarsa, si spinge fin sullo stradone dei negozi. Non ci vorrebbe andare perché non ama il traffico e i rumori lo spaventano, ma a volte non ha scelta. Gli scatoloni li schiaccia uno sull'altro, poi li carica su un carro dalle ruote deformate. Quando non c'è nient'altro da raccogliere si passa le stanghe sotto le ascelle e tira il carretto come un asino. Ogni tanto si ferma, scopre la bocca dove spuntano dei denti radi, e ride per un qualche motivo che conosce solo lui. Guarda i vapori del rio Reconquista che si condensano tra le carcasse incenerite delle auto.

Un tempo non aveva bisogno di tirare il carro dei cartoni, aveva un asino tutto suo dalla schiena callosa, lo chiamava Pedraza come il padre, ma come il padre è morto di stenti o di vecchiaia, o le due cose assieme. L'aveva abituato a vivere con poco. Era un problema fargli mangiare del foraggio tutti i giorni, e anche trovare un terreno dove crescesse qualche chiazza d'erba.

Romulo, però, aveva escogitato una soluzione.

La mattina presto tirava l'asino per la cavezza sino al mercato delle verdure, il più vicino, quello davanti alla stazione ferroviaria, e lo faceva rimpinzare con frutta mezzo marcita e dell'insalata troppo moscia per essere messa sui banconi dei venditori. L'asino smuoveva le verdure con il muso per cercare le foglie ancora verdi e le triturava con la sua mascella forte.

Anche così, denutrito e magro, l'asino di Romulo ha fatto il suo dovere sino all'ultimo.

È morto il giorno della processione alla Madonna di Lujan, tempo fa, prima che la peste entrasse nella *villa*, con la schiena verniciata di azzurro e bianco, e sul baroccio la statua della Patrona degli argentini. Romulo non ha avuto nemmeno il tempo per piangerlo e, alla stregua del negro Manuel, non ha potuto comprare un altro asino. Aveva messo gli occhi sul baio del maestro Salazar. Lo chiamava *mate cocido* per via del colore slavato del pellame, ma Fidel il meccanico glielo ha soffiato proprio il giorno che aveva deciso di incontrarlo nella bottega di Agripino, il proprietario, per tirare sul prezzo dell'animale. Adesso il baio gira libero per la *villa* impestata strappando fili d'erba e Romulo lo guarda quando lo incontra pensando che per poco avrebbe potuto essere suo.

La porterà lui, *mate cocido*, la statua della Madonna quando la pandemia sarà passata. E anche lo scatolone con i tappabocca. Romulo l'ha visto nella casa del calzolaio Valdemar, pieno di drappi colorati come le ali delle farfalle. Li bruceranno ai piedi della Madonna quando la peste sarà passata.

Il movimento del pendolo

Si parla molto del dopo quarantena, quando la peste sarà, se non proprio archiviata, per lo meno addomesticata. È una prospettiva più o meno lontana a seconda dei paesi, ma c'è chi immagina come sarà il nuovo mondo, cosa non faremo più allo stesso modo e cosa cambieremo per sempre. «Non saremo più gli stessi», ha sintetizzato un autorevole pensatore rappresentando tanti dei suoi pari, declinando poi l'elenco delle trasformazioni a suo giudizio irreversibili. Artefice dell'inevitabile – per certi aspetti auspicato – cambiamento è la paura che incombe sull'esistenza individuale e su quella collettiva.

Il ragionamento sottostante considera la natura come qualcosa di vischioso, attaccata alle abitudini. Perché qualcosa muti veramente – si argomenta senza esplicitarlo – occorre che qualcosa d'altro spinga i comportamenti umani con una potenza fenomenale, e anche così i passi non possono scavalcare i meccanismi evolutivi che, guardati con gli occhi di questo mondo, hanno la gradualità come legge suprema.

C'è molto di vero in questa impostazione di pensiero. Senonché la paura che attraversa l'esistenza individuale e collettiva può essere questa spinta al cambiamento? Può veramente produrre degli effetti duraturi nel comportamento degli uomini? Quegli stessi uomini scossi dalla prima pandemia globale della storia, che non può essere comparata neppure alla Seconda guerra mondiale per estensione e capillarità di coinvolgimento?

Nel bel mezzo di un'altra pandemia che affliggeva l'Europa

tutta, Rainer Maria Rilke si domandava se «nonostante le invenzioni e i progressi, nonostante la cultura, la religione e la conoscenza dell'universo, si sia rimasti sulla superficie della vita». Il dubbio dello scrittore austriaco nelle sue *Lettere a un giovane poeta* di quasi un secolo fa torna quantomai attuale.

La paura passa, la minaccia all'esistenza come la conosciamo passerà con essa, e il pendolo che oscilla tra due estremi tornerà al suo posto, concludendo l'arco del suo dondolio vicino, molto vicino al punto in cui l'ha iniziato.

Mentre leggevo l'autorevole opinione che ci immagina diversi nel futuro, il pensiero è corso agli esempi di dedizione che ho potuto vedere in questi tempi minacciosi, all'altra forza che ho visto in azione nei suburbi popolari di Buenos Aires, quella che spinge tante persone a cercare il bene degli altri in un momento di sconvolgimento generale. In un suo discorso di questi tempi il papa le ha chiamate «i santi della porta accanto», quelli che sono capaci di perdere la vita servendo il prossimo, nel senso letterale della parola, il vicino, la persona che vive nello stesso quartiere, l'anziano che si incontra di tanto in tanto, la famiglia numerosa.

Borges, lo scrittore argentino per antonomasia, scriveva nella *Biografía de Tadeo Isidoro Cruz* che «Qualunque destino, per lungo e complicato che sia, consta in realtà di un solo momento: il momento in cui l'uomo sa sempre chi è». In questi frangenti di pericolo per la propria incolumità, ho visto tante persone dei quartieri poveri scoprire chi sono, prendere coscienza di essere capaci di qualcosa che supera e trascende la lotta per l'esistenza che sostengono tutti i giorni, sperimentare che spendersi per il benessere dell'altro fa bene all'altro e a sé stessi. «È un abbraccio che può darci la gioia di appartenere a un'opera grande che tutti ci includa», scrive quasi alla fine della sua vita un altro letterato argentino, Ernesto Sabato. Nel suo libro *La resistencia* aggiungeva: «c'è qualcosa che non sbaglia ed è la convinzione che – solo – i valori dello spirito ci possono salvare da questo terremoto che minaccia la condizione umana». Camus, l'ateo Camus, osservava nei suoi *Saggi solari* che «Quando si è avuta la fortuna di amare con forza, si passa la vita cercando quell'ardore e quella luce». Additava, forse senza volerlo, un principio di durabilità superiore al timore, che presto o tardi immobilizza il movimento del pendolo nelle vicinanze del punto di partenza: l'amore.

Vertigine

I giorni passano, la peste non demorde. Il morbo incoronato di tentacoli s'aggira per le stradine polverose cercando le sue prede una ad una. Passa sotto l'uscio di una porta sgangherata, s'infila in un corridoio umido tra due fila di case, viaggia a cavallo della brezza mattutina, segue i passi di chi rientra nella *villa* alla fine di una giornata di lavoro. È diventato scaltro, di una furbizia accresciuta dal tempo e dall'esperienza.

Decine di probabilità s'introducono nel labirinto dell'esistenza per aperture occulte, centinaia lo riempiono di virtualità impensate fino a mandare in frantumi il lavorio dell'intelligenza che cerca di prevedere il prevedibile. Eventualità reali, così reali che la vita può avere molteplici sviluppi.

La peste sceglie le proprie vittime a caso, nella moltitudine, senza calcolo apparente. Non c'è odio nei suoi movimenti, non c'è misericordia. La peste attacca di nascosto come un ladro nella notte. Colpisce dove non ce lo si aspetta. Silenziosa, invisibile. Paziente. Che frenetico lavorio avviene in ogni istante! Quanto movimento negli innumerevoli canali che uniscono gli attimi tra di loro!

La parte di mistero che gremisce l'esistenza è preponderante sulla parte analizzabile. Lo è come quantità, lo è come qualità e sostanza.

28 pianticelle di olivo

Nel fondo della baraccopoli c'è una casa tutta speciale. Sono pochi locali appoggiati ad una cappella che si trasforma da tempio a mensa e da questa a campo da basket secondo le necessità del momento. La chiamano la Casa delle donne. Il suo futuro è iniziato una mattina all'alba, quando il sacerdote che ha a carico la parrocchia, "padre Pepe", come lo conoscono gli abitanti della *villa*, ha chiamato Guadalupe, una madre che vive poco distante con la sua numerosa prole. «Devi aiutare quelle che non ce la fanno» le ha detto il sacerdote, «dare una mano alle ragazze che vogliono abortire perché possano considerare una alternativa, scegliere di crescere i loro figli».

In quel momento l'Argentina era spaccata in due e discuteva animosamente la legge sull'interruzione volontaria della gravidanza. I fazzoletti verdi sventolavano nelle piazze fronteggiati da quelli celesti. La pandemia era alle porte, l'emblematico caso zero era in gestazione nelle profondità dell'inferno per essere sputato sulla terra di lì a poco, ma ancora non lo si sapeva.

Guadalupe non ci ha pensato su. Di figli ne ha quattro, di nipoti almeno il doppio. Ha considerato che ci fosse posto per qualcuno in più nella sua vita. E ha detto sì. Pochi giorni dopo ha aperto le porte della Casa del Abrazo Maternal – così si chiama – ponendola sotto l'egida della Madonna che scioglie i nodi, tanto amata da papa Francesco. Di fianco all'immagine dell'Angelo che porge la corda bitorzoluta, Guadalupe ha affisso un arazzo con la *Pietà* di Michelangelo. Glielo hanno portato da Roma pensando al nuovo compito cui si sarebbe dedicata e lei è fiera di quel regalo. Non sa molto dello scultore che l'ha realizzata cinque secoli fa e oltre, e neppure a chi fosse destinata la sua opera, ma lo guarda tutte le mattine quando arriva alla casa, e non si stanca di immedesimarsi nelle pieghe della pietà di quella donna che tiene tra le braccia il figlio morto.

Donne ne sono arrivate molte in pochi mesi, di figli anche. Maria Fernanda, Norma, Milagros, Felícita... ognuna portando oltre la soglia della Casa delle donne il proprio fardello di privazioni, di violenza familiare, di pressioni per risolvere in modo sbrigativo i problemi rappresentati dall'arrivo di un figlio non previsto.

Molti nodi da sciogliere, insomma, molta pietà da avere.

Il fatto è che quasi tutte, frequentando l'*Hogar*, hanno ritrovato fiducia, hanno visto che le difficoltà, quando erano condivise con altre donne, potevano essere superate, che poteva esserci un futuro per loro e i figli che avevano nel ventre.

È passato un anno da allora.

L'Argentina, nel frattempo, si è spaccata nuovamente, la legge sull'aborto che allora venne respinta dal Senato è stata approvata dai due rami del Congresso e l'interruzione della gravidanza è diventata legge. Anche i contagi incontrollati, che all'inizio appartenevano ad un continente lontano da cui giungevano solo delle immagini di disperazione frammiste a quegli elementi pittoreschi propri di una civiltà diversa, sono diventati una triste e condivisa realtà.

La pandemia ha fermato anche la Casa delle donne. Ma le sue porte, che si erano chiuse, in questi giorni stanno per riaprire. Fuori, dove la villa finisce e una cloaca maleodorante separa in due parti la miseria, ci sono ventotto pianticelle d'olivo.

Le aveva piantate Guadalupe prima della pandemia, quando i morti erano cinesi e nel mezzo tra noi e loro c'era un oceano di distanza e di disconoscimento. Di fianco ad ogni virgulto c'è un bastoncino infisso nella terra, con un cartello, un nome e una data, uno per ogni bambino nato.

Uova di vero cioccolato

Il tam-tam ha raggiunto gli angoli più remoti della *villa* in un batter di ciglia e all'appuntamento quotidiano con il piatto di pasta condita con sugo di pollo si sono aggiunti centinaia di bambini. Sono usciti dalle case come dei pulcini dietro alla chioccia, stringendo le mani della mamma o della sorella, della nonna o di qualcuno più grande, e sono andati dove avevano saputo – da Radio Cristo de los villeros – che avrebbero regalato delle uova di cioccolato. Un carico che con tutta probabilità è rimasto invenduto nella Pasqua trascorsa in quarantena e che i produttori hanno voluto donare alle *villas*. Un dono che non è stato affatto disdegnato.

Così hanno fatto la fila anche loro, i più piccoli, per la prima volta, forse, da quando la peste li ha reclusi nelle case. E mentre i grandi se ne andavano con il vassoio di plastica e la porzione di cibo, i bambini li seguivano con un uovo di cioccolato tra le mani, splendidamente avvolto in una carta dai colori sgargianti come si conviene a un vero uovo pasquale.

E molta allegria sul viso, dimenticando per un momento la peste che confina nelle case la loro giovinezza.

Borrachines

C'è una categoria di persone molto numerosa nella *villa*. Sono gli alcolizzati, quelli che il vino lo bevono senza misura, a garganella si dice in gergo. Molti di loro vivono riciclando rifiuti, non hanno famiglia o non l'hanno mai avuta. Alcuni che ce l'avevano l'hanno lasciata o sono stati spinti a farlo, e la strada è diventata la loro casa, dove sono esposti al contagio della peste più di altri e più di altri rappresentano un pericolo per chi li incontra.

Nella *villa* li chiamano *borrachines*, con un termine benevolente ma che li assegna senza scampo a una categoria di irredimibili. Non che non abbiano cercato di abbandonare l'alcol in momenti diversi della loro tribolata esistenza. Ma le ricadute sono state altrettanto rumorose e aneddotiche. Come quella di Iuvencio, 48 anni, una buona metà da bevitore di strada, che ha resistito per buona parte della quarantena al richiamo dell'alcol con una eroicità che si è attirata l'ammirazione di chi lo conosce, l'incoraggiamento degli amici, gli sguardi interrogativi dei compagni di bevute, sconcertati dal fatto che Iuvencio cammini sulle sue gambe dove loro sono rovinosamente caduti. Solo alla fine, al momento di saltare gli ultimi ostacoli della sua corsa verso la sobrietà, è piombato a terra travolgendo la barriera. Il sospetto lo si è avuto una sera, quando non è tornato nel rifugio aperto appositamente per lui e gli altri nelle sue stesse condizioni. Le ipotesi benevoli lo volevano a casa di una qualche sorella che si era riproposto di visitare, o assalito da un disperato come lui per rubargli le scarpe che erano ancora in condizioni di essere rivendute. C'è anche chi ha ipotizzato un arresto per cose del passato mai del tutto confessate e quindi la necessità di andare alla stazione di polizia per chiedere notizie. La realtà si è però rivelata quella più temuta.

La mattina dopo Iuvencio è stato trovato appoggiato ad un

palo della luce con il corpo che pendeva a sinistra e la testa penzoloni sulla destra. Di fianco c'erano un paio di confezioni di un vino da pochi soldi che doveva essersi comperato con i pochi risparmi o che qualcuno deve avergli dato di proposito per ridurlo nuovamente alla sua condizione di alcolizzato di strada.

Iuvencio aveva ripreso a bere da un momento all'altro. Non si sa come, non si sa perché. Lui, almeno, non è stato in grado di spiegarlo neppure dopo aver riconquistato una momentanea sobrietà. Confermando agli occhi dei più scettici che con loro, con i *borrachines*, non c'è niente da fare, bisogna accettarli, sopportarli, tenerli alla giusta distanza.

Ma la distanza giusta non esiste di questi tempi infetti. Così è stata pensata una casa per loro, che porterà il nome del primo santo argentino, José Gabriel del Rosario Brochero, quello dell'"odore di pecora", soprannominato prete Gaucho o *cura* Brochero, per l'abitudine che aveva di percorrere grandi distanze a dorso di mulo per visitare i più lontani e portar loro i sacramenti.

La casa a lui dedicata, la casa dei *borrachines*, degli ubriaconi irredimibili e molesti, appartiene a una famiglia con due figli adolescenti, che hanno scelto di rimanere al loro posto, solo di farsi più in là, e cedere spazio agli irriducibili bevitori di strada.

Per il momento ne sono arrivati quattro. Altri li seguiranno, fino ad arrivare a undici – tanti ne può ospitare *el Hogar* – con un coordinatore che vivrà con loro, una cuoca ed un'assistente sociale. Molta pulizia, orari stabiliti, pasti in comune e partecipazione al lavoro comunitario, quello che in questi giorni di pandemia ha dispiegato la comunità cristiana della *villa* di cui anche i *borrachines* sono parte.

Si muoveranno nelle retrovie, lavando i pentoloni, spostando gli alimenti dal deposito alla cucina, irrorando di sostanze igienizzanti gli spazi comuni, in posizione sicura per sé e per gli altri.

Marcos è ritornato nella *villa* per passare la quarantena con la nonna anziana. Era profugo da qualche anno. Gliel'avevano giurata e aveva pensato bene di andarsene finché poteva farlo con le proprie gambe. E proprio le gambe sono importanti nella storia di Marcos. L'avevo conosciuto durante il pellegrinaggio che i giovani argentini compiono tutti gli anni in ottobre alla basilica di Lujan, dove, come racconta la tradizione, ha voluto letteralmente piantare la sua casa la Madonna nazionale dal mantello bianco e azzurro. Sessanta chilometri e passa tra il punto di partenza e quello di arrivo. Ventiquattr'ore di marcia per chi se la piglia comoda, con soste frequenti e abbondanti libagioni.

Marcos camminava in mezzo al gruppo dei *villeros* di padre Pepe per chiedere alla *Virgen* quello che aveva in animo: la salute per la nonna ammalata, il lavoro che non aveva e che forse nemmeno voleva, la benedizione di un fidanzamento appena iniziato che già mostrava crepe. In un punto di ristoro della tradizionale camminata verso la basilica, più o meno a metà del tragitto, gli ho offerto un bicchiere caldo di *mate cocido* e un panino con prosciutto cotto e formaggio, che formavano parte del menù preparato per i pellegrini dalle mani di chi non poteva camminare con loro per un qualche motivo legato all'età o alla salute. Il tutto avvolto in un tovagliolo di carta e servito con qualche parola di incoraggiamento per la fatica che gli restava da compiere, con l'aggiunta di un elogio per aver intrapreso del tutto liberamente quell'impegnativo pellegrinaggio.

È bastato perché mi considerasse amico.

Ritornati alla base di partenza, Marcos ha continuato con la sua vita di sempre, che è poi quella di tanti della sua età che vivono alla giornata tra lavoretti che vanno e vengono, piccolo spaccio, furti, notti sulla strada a respirare gli scarti della cocaina, risse tra bande.

È riapparso una notte afosa di novembre, di quelle che alla periferia di Buenos Aires sfiorano i quaranta gradi. Ha bussato alla porta della stanza nella baraccopoli dove vivo. Quando ho aperto era lì sulla soglia con un'espressione contrita. Ha esordito scusandosi per essere venuto a disturbarmi a quell'ora tarda, ma non sapeva dove andare. Si vedeva a colpo d'occhio che c'era qualcosa di strano nel suo comportamento e la ragione si è chiarita quasi subito. Marcos si è tirato giù i pantaloni della tuta che indossava e mi ha fatto vedere il polpaccio. Era insanguinato.

Non capivo bene cosa gli fosse successo, sulle prime ho pensato a una caduta con la bicicletta, anche se non lo avevo mai visto pedalare per la *villa*, finché mi ha detto che gli avevano sparato. In effetti, osservandola alla luce di quell'informazione, sulla gamba c'erano delle macchie di sangue raggrumato e il polpaccio era attraversato da due fori dai bordi arrossati, due colpi di arma da fuoco sparati da una pistola di piccolo calibro, probabilmente una 22.

Prima di chiedergli chi fosse stato controllai d'istinto di avere le chiavi della macchina in tasca per portarlo a un pronto soccorso. Ma lui voleva che lo accompagnassi dalla nonna, che vive anch'essa in un punto imprecisato della *villa*. Non ne voleva sapere di andare in ospedale, dove invece insistevo per accompagnarlo. Aveva paura che la polizia lo uccidesse. Diceva che facevano così con quelli come lui, che hanno una fedina penale di furti, risse, droga, e forse qualche rapina, e che oramai vengono annoverati nella categoria dei tipi che possono solo fare salti di scala sulla strada della violenza.

Su chi gli avesse sparato si mantenne sulle sue: disse solo che erano persone che non «*tenían codigos*», cioè che non avevano regole, non osservavano dei comportamenti accettati da tutti nel mondo chiuso della *villa.* Aggiunse che non gli avevano lasciato il tempo per «*arreglar*», per sistemare le cose. Non ha chiarito quali, ma con tutta probabilità aveva venduto droga e non aveva dato al capobanda tutto quello che avrebbe dovuto. Con quei due colpi nel polpaccio gli avevano dato un avvertimento.

La scoperta del mare

«Prendiamone atto: l'invisibile è molto più potente»
Silvia Avallone

La sabbia è imbiancata, come se fosse stata spruzzata da un sottile strato di neve. Sono le conchiglie spinte sulla battigia dalle onde e triturate da un vento persistente. L'arenile è glabro come la pelle di un lattante. Non ci sono infrastrutture turistiche all'intorno, non ci sono barche tirate in secco sulla riva, non ci sono cabine per cambiarsi e ombrelloni che diano un po' d'ombra. Non ci sono bar sulla spiaggia né punti di ristoro e neppure passano i venditori ambulanti con i loro carichi variopinti di chincaglierie. Il vento soffia tutto il giorno e per buona parte dell'anno, schiantando sulla battigia le onde di un mare infido.

Siamo in un punto della costa argentina sull'Oceano Atlantico, in una chiesa mezzo diroccata ad un centinaio di metri da una spiaggia selvatica di arena e cespugli rinsecchiti.

La chiesa, o quel che ne resta, venne costruita mezzo secolo fa da un prete italiano di nome Francia sbarcato nel paese della pampa e delle vacche allo stato brado come migliaia di altri suoi connazionali. Loro cercavano una vita migliore, lui delle anime da portare a Dio. Lui è morto, ma le mura della sua opera sono rimaste, anche se il tempo le ha logorate. Da alcuni anni a questa parte, sono la meta di un migliaio di giovani e giovanissimi *villeros* che nei mesi estivi hanno scelto questi posti per trascorrere un tempo di vacanza. Turni brevi, di tre, quattro giorni, con il cibo caricato sugli stessi pullman che li trasportano sino al rudere sulla spiaggia.

In queste vacanze povere succede qualcosa di singolare ad ogni avvicendamento.

Appena i ragazzi arrivano sul posto scendono dagli autobus, scaricano gli zaini a terra e ammucchiano i sacchi a pelo all'ombra di un vecchio salice che spiove all'entrata da quando il prete italiano lo piantò alcuni decenni or sono. In una stanza ammassano i viveri per i giorni che li aspettano – riso, farina, qualche sacco di patate, uno di cipolla –, in un'altra i pentoloni, le padelle e lo scolapasta, con una stufa da campo a quattro fornelli sistemata nel vano preposto alla cucina.

Tra l'oceano e il punto di arrivo degli autobus c'è una collinetta di sabbia ricoperta da arbusti rinsecchiti dal sole dell'estate e dal vento freddo dell'inverno. I ragazzi la saggiano a distanza sin dal momento in cui mettono giù i piedi dall'autobus. Tendono l'orecchio al rauco murmure che proviene dall'altra parte della duna. I più ardimentosi s'incamminano, altri esitano, ma poi prendono esempio dai primi e li seguono. Giunti alla base della collina iniziano l'ascesa. La sabbia scorre sotto i piedi. Due passi in avanti, uno all'indietro, con il sudore che già inumidisce la pelle ancora bianca. Ci vuole molta forza per arrivare sulla cima del dosso, ma gli scalatori hanno l'energia della giovane età e la voglia di scoprire cosa c'è al di là.

I primi raggiungono la vetta ansimando. Si fermano e guardano in avanti. Davanti ai loro occhi le onde spumeggianti dell'oceano sono spinte a riva da un vento persistente. Guardano l'orizzonte sterminato dalla cima della collina sabbiosa. Uno spettacolo che non hanno mai visto prima di quel momento. Le misure conosciute si dilatano assieme ai polmoni. L'infinito penetra da tutti i pori. Tramortiti. Colpiti al ventre da una immensità insospettata, gli occhi si riempiono di novità. Gli orecchi di vento e del rumore delle onde che si rompono sulla battigia.

È una esperienza che scava gli animi in profondità. Più di quanto si possa immaginare. La scoperta del mare diventerà un punto di paragone, non importa quanto inconsapevole, con tante altre esperienze future che arriveranno. Perché è proprio vero che, come diceva Borges, «Chi vede il mare lo vede sempre per la prima volta».

Primi passi

La giornata è soleggiata e i ragazzi sono riuniti in circolo nel cortile. Qui ci si sveglia alla stessa ora, si ripetono gli stessi gesti lungo il procedere della giornata. Si parla, si ascolta, si mette ordine negli spazi personali e in quelli comuni. Chi vuole prega. Si partecipa a laboratori di scrittura, lettura, arti e mestieri. Chi non sa scrivere ha l'occasione di imparare.

Se c'è qualcosa che la pandemia non ha alterato del tutto è la vita quotidiana negli *Hogar de Cristo,* dove vivono giovani e meno giovani che lottano per sfuggire ai tentacoli della droga più vischiosi ancora di quelli del coronavirus.

Una quotidianità fatta di passi guidati.

"Andare avanti" è il primo di dodici che scandiscono il percorso di recupero. Il più importante, quello che deciderà l'efficacia e i tempi dei passi che li seguiranno. Esige di accettare di essere impotenti, chiede di ammettere di non poter farcela da soli, impone di riconoscere di dover essere aiutati. Ne discende la necessità di confidare in chi guida il transito tra le pareti d'acqua che provvisoriamente si ritirano al passaggio dei fuggitivi ma possono precipitare addosso e inghiottire chi ha intrapreso il viaggio.

«Siamo arrivati a un punto in cui vediamo le conseguenze della nostra vecchia forma di vita e accettiamo che abbiamo bisogno di una nuova, ma è probabile che ancora non ci rendiamo conto di tutte le possibilità che questa nuova forma di vita racchiude in sé» recita il manuale in uso negli *Hogar*, quelle case che Bergoglio incoraggiò negli anni a Buenos Aires e che si sono moltiplicate in tutta l'Argentina nel solco di una stessa ispirazione: «*Tomar la vida como viene*»[7].

L'esperienza di chi guida la fuga dalla schiavitù della dipendenza verso la terra di una ritrovata libertà raccomanda di non accontentarsi della determinazione raggiunta, non irrigidirsi nelle posizioni conquistate e neppure nei propositi pur faticosamente maturati. Occorre andare oltre le colonne d'Ercole che delimitano il territorio conosciuto, quello probabilmente già battuto inutilmente nel passato.

È il secondo passo, quello che dovrà riempire il vuoto che si apre alle spalle del primo, far fronte alla risacca della svogliatezza che torna a ghermire e alla voglia di retrocedere dopo che le difese sono state finalmente abbattute. «È facile non prendere sul serio questo passo», previene l'esperienza dei più navigati tra i passeggeri di questa strana imbarcazione che sobbalza sui flutti senza affondare. «Lo si guarda con scarso interesse finché non ci si rende conto che gli altri passi non potrebbero funzionare senza questo che li precede».

La dipendenza è un nemico baldanzoso che riprende il so-

[7] *Guías para trabajar los pasos de Narcóticos Anónimos,* Narcóticos Anonymous World Services, Chatsworth (CA) 2000. California

pravvento quando meno te lo aspetti. Come la pandemia, la peste, come la chiamano i ragazzi degli *Hogar*: il mondo credeva di averla messa all'angolo e di poterla finalmente controllare. Poi ha dovuto prendere atto che non è così e correre ai ripari con misure ancor più restrittive. Non basta essere disposti ad un taglio netto con il passato. "Rompere" è l'inizio del cammino, un cammino arduo e talvolta lungo. Ma a questo punto, quando si è deciso di lasciare la droga, inizia il dolore di vivere senza di essa e senza nient'altro di altrettanto tangibile che la sostituisca. «Questa sofferenza ci costringe a cercare un potere più grande di noi stessi a cui affidarci, più grande della nostra dipendenza, più sicuro dei nostri propositi», avverte il manuale in uso negli *Hogar de Cristo*. «Un potere che ci ami, e mostri di poter prendersi cura di noi». Non occorre essere religiosi per accettare una tale idea. A questo genere di potere ci si può affidare ancor prima di sentirlo consonante. «E quando vedremo i miracoli accadere nella nostra vita, l'accettazione si trasformerà in un abbandono fiducioso. Cominceremo a sentirci a nostro agio con il nostro potere superiore come fonte di forza. Non saremo più gli stessi, la vita cambierà e il pendolo non si fermerà nello stesso identico punto da cui ha iniziato la sua oscillazione»[8].

È arrivato il momento di concentrarsi sul terzo passo, quello della decisione. La prima vera decisione della vita di chi lascia la droga, che nei quartieri popolari e nelle *villas miserias* dell'Argentina ha ripreso a circolare come prima. Il nuovo giorno inizia. La linea d'ombra retrocede lentamente e la luce entra negli *Hogar*. Le insidie sono acquattate dietro la soglia come la peste, ma oggi non avranno l'ultima parola. Si cammina, un passo dopo l'altro, come in montagna.

[8] *Ibid.*

Il linguaggio degli spari

Nella *villa* le sparatorie sono frequenti. Quelle notturne ancora di più. Nel silenzio della notte i colpi si ascoltano a grandi distanze. Soffocati o schioccanti come staffilate. Sonori o sfiatati. Rimbombanti come degli echi lontani o vibranti come un suono di campana. Risuonano in un punto o nell'altro, anche in piena quarantena, quando il pericolo di contagio consiglierebbe ai *pistoleros* di rimanere in casa.

Non tutte le sparatorie sono uguali tra di loro. Un orecchio attento, e con qualche cognizione di armi, riconosce una scarica da un'altra e può arrivare ad intuirne anche le ragioni.

C'è lo scambio di colpi intenso e concentrato, quando ad un caricatore svuotato in successione rapida ne risponde un altro a una certa distanza e un terzo più lontano ancora. Significa che un gruppo è all'opera nella propria zona, un secondo in un'altra e un terzo in un settore diverso. Ognuno, insomma, è al lavoro ed è regola da gentiluomini farlo sapere.

Se invece i colpi sono sparuti e pochi, uno o due, e ad essi rispondono altrettante esplosioni dal suono diverso, significa che i confini tra i gruppi in attività si sono alterati, che qualcuno ha compiuto una invasione di campo entrando in un'area che non gli appartiene. La frizione che ne consegue provoca scintille. Gli spari, appunto.

Nei primi tempi, quando sentivo sparare durante la notte, pensavo che all'indomani il tam-tam della *villa*, che ha occhi ed orecchie ovunque, portasse la notizia di qualche morto, o perlomeno di qualche ferito. Ma non era così, non c'erano state vittime, e con mia sorpresa le acque erano tornate a calmarsi come se non fosse successo nulla. I colpi d'arma da fuoco, insomma, erano parte del linguaggio delle bande che operano abitualmente nella *villa*. Una sorta di discussione *sui generis* con messaggi dall'interpretazione inequivoca per chi li trasmette e per chi li riceve.

I regolamenti di conti sono un'altra cosa, avvengono di giorno, quando il bersaglio è in strada, e solo raramente di notte. La vittima è pedinata o imboscata in un punto che si presta ad un agguato, oppure, com'è d'uso in Colombia, viene falciata da una motocicletta in movimento. Il pericolo, in questi casi, sono *las balas perdidas*, come si chiamano in gergo quei colpi che non vanno a segno ed entrano in una casa attraverso una finestra aperta o una porta non sufficientemente spessa da opporre resistenza ad un proiettile. I colpi vaganti non guardano in faccia a nessuno, e può rimanerne vittima chiunque, donne, vecchi e bambini.

I colpi d'arma da fuoco, quelli che si ascoltano nella *villa* nel cuore della notte, non solo sono parte di un linguaggio e veicolano un messaggio determinato, normalmente ben capito dai destinatari, ma hanno anche un tono, un registro, per usare un termine applicato alle sonorità della voce, evidenziato dal calibro. Quest'ultimo, come sanno anche i profani d'armi, è una misura che indica il diametro interno della canna di un'arma corta, pistola o revolver, che a sua volta può essere rigata o liscia.

Il calibro 9 equivale ad una pistola letale a poca distanza, capace di imprimere al proiettile una velocità che assicura una buona penetrazione. Il calibro 32 è tipico di un revolver a tamburo ed ha scarsa precisione, mentre il calibro 22 è proprio di un'arma maneggevole e più precisa, con l'inconveniente di essere scarsamente offensiva.

Ci sono poi i colpi nitidi, le esplosioni senza sbavature, tipiche di una pistola "giovane". Il gas prodotto dall'esplosione non soffre dispersioni, a differenza delle detonazioni sporche di un'arma di poco valore e altrettanta poca efficacia.

Santi dei suburbi a cui votarsi

La pandemia spinge la gente dei quartieri popolari verso gli altarini dei santi nostrani, quelli che la religiosità popolare invoca nelle calamità quotidiane. Il Gauchito Gil è uno di questi e i suburbi urbani la sua casa, disseminati come sono di statuette dagli inconfondibili colori rossi e neri della sua fazione politica nella guerra civile che insanguinò la provincia argentina di Corrientes a metà dell'Ottocento[9].

Lì, quando la pietà per i vinti era una moneta poco conosciuta, il soldato semplice Antonio Plutarco Cruz Mamerto Gil Núñez si rifiutò di sparare sui propri fratelli e la cosa gli costò un disonorevole arresto e la condanna a morte per diserzione. Lui in cambio perdonò chi doveva eseguirla, e predisse la guarigione di un figlio malato al suo carnefice[10].

È bastato perché negli animi esacerbati dei suoi contemporanei, e ancor di più in quelli dei loro discendenti, il fante Gil Núñez crescesse in considerazione. In poco tempo la sua fama si diffuse in tutto il Nord dell'Argentina trasformandolo in un "santo senza aureola", di cui non ci sono neppure tracce storiche incontrovertibili. Ma tant'è, il rigore della storia a volte passa in secondo piano di fronte alla sottolineatura di qualità che un popolo considera degne di nota in un determinato momento della propria storia nazionale. Il perdono, appunto, una virtù squisitamente cristiana, con il seguito di bontà, tolleranza e amicizia verso il nemico che la accompagna.

[9] Il riferimento è alla guerra chiamata della *Triple Alianza* durata dal 1864 al 1870. Venne combattuta contro il Paraguay da una coalizione formata dall'Impero del Brasile, Uruguay e Argentina.

[10] Non è l'unica versione sulla morte del soldato semplice Gil Núñez, ma allo stato delle ricerche sembrerebbe la più accreditata.

Così nelle *villas* argentine si canta una canzone che, lungi dall'idolatria, tratta il soldato buono Gil Núñez come un amico che conduce ad un Amico ancora più grande: «Lasciami avvicinare alla tua santità / e portami a Dio», dicono le parole di un noto ritornello, mostrando senza ambiguità che la persona del santo bandolero è un punto della strada che non trattiene il pellegrino ma gli rende più familiare il grande mistero del Dio misericordioso[11]. Una missione, quest'ultima, a cui si era certamente votata anima e corpo una donna di un piccolo paese del Nord argentino difficile da rintracciare sulle cartine geografiche[12]. Costei assisteva i padri della Compagnia di Gesù nella provincia di Santiago dell'Estero. I gesuiti vennero poi cacciati dai possedimenti della corona spagnola due secoli dopo e ripararono in Europa, da dove erano venuti[13]. Nel comprensibile sbandamento degli animi frutto dell'abbandono, fu lei, figlia di un blasonato militare al servizio del re, ad assumere l'eredità degli espulsi, di cui gli esercizi spirituali di sant'Ignazio erano uno dei momenti più significativi. María Antonia de Paz y Figueroa, meglio conosciuta come Mama Antula[14], percorse grandi distanze a piedi nudi vivendo di elemosine e spargendo in lungo e in largo il verbo ignaziano riassunto nella pratica degli esercizi spi-

[11] «*En cada esquina, fiel, / del pobre defensor, / Gauchito amigo, / déjame arrimar a tu santidad / y llévame a Dios*» (parole e musica di suor Patricia Ataria).

[12] Villa Silípica, nella provincia di Santiago dell'Estero, a 1.100 chilometri da Buenos Aires.

[13] Giunsero nella provincia argentina di Santiago dell'Estero nel 1585 e vi fondarono diverse riduzioni. L'espulsione avvenne nel mese di febbraio del 1767, per ordine del re Carlos III.

[14] Sulla futura santa segnaliamo lo studio di Alicia Fraschina dal titolo *La expulsión no fue ausencia. María Antonia de San José, beata de la Compañía de Jesús: biografía y legado*, Prohistoria, Rosario 2015.

rituali, per poi intraprendere il cammino verso la capitale della giovane nazione, Buenos Aires. Tardò due mesi ad arrivarvi e l'accoglienza del vescovo e del governatore, le due massime autorità dell'epoca, non fu quella sperata. Ma l'ostinazione, la fede in Dio e nella bontà degli esercizi ignaziani finirono per perforare il muro di diffidenza sia del potere politico che di quello clericale. In pochi anni decine di migliaia di argentini della capitale, i così chiamati *porteños*, trassero benefici spirituali copiosi dalla pratica dei ritiri promossi da Mama Antula. Due lettere di autorevoli religiosi dell'epoca parlano di decine di migliaia di postulanti alla pratica ignaziana[15], segno di una fecondità storica che ancora oggi non è affatto esaurita, e che ha portato la sua protagonista sugli altari[16].

Mama Antula non solo è beata e in odore di santità, ma a sua volta è stata un vero e proprio crocevia di santi. A lei si deve la grande auge della devozione a san Gaetano, divenuto il dispensatore del pane e del lavoro, a lei si deve il successivo exploit di san Espedito, quello delle cause veloci, a lei si deve la grande popolarità del *cura* Brochero, il prete *gaucho* con odore

[15] Il vescovo di Buenos Aires, Sebastián Malvar y Pinto, inviò una lettera a papa Pio VI informandolo che durante i quattro anni in cui si erano svolti gli esercizi spirituali in quella città, erano passate circa 15 mila persone, senza che venisse chiesto loro «neppure un denaro per dieci giorni di permanenza e abbondanti manutenzioni». Intorno al 1788 anche Ambrosio Funes, una figura rilevante negli anni dell'emancipazione argentina, scrisse una lettera annotando che, in otto anni, circa 70 mila persone avrebbero partecipato agli esercizi spirituali patrocinati da Mama Antula.

[16] Papa Benedetto XV aprì la causa l'8 agosto 1917. Nel maggio del 1929 Pio XI la dichiarò venerabile. Il 2 luglio 2010 papa Benedetto XVI riconobbe le virtù eroiche della suora. Nel marzo del 2016 papa Francesco approvò il miracolo. Mama Antula venne proclamata beata il 27 agosto 2016 nella città di Santiago dell'Estero.

di pecora. Il primo, san Cayetano, arriva in Argentina con gli stessi gesuiti, da loro passa a Mama Antula che affida l'eredità ignaziana nelle mani provvidenti del santo napoletano, che non delude le aspettative, benedicendo con copiose grazie materiali l'opera della suora. Da patrono della Provvidenza a patrono del pane e del lavoro il passo è breve, e san Cayetano lo compie sospinto dalle ripetute crisi argentine, dai reclami di giustizia contro la dittatura militare, dal principale sindacato nazionale, la Confederazione generale del lavoro, che spinge i suoi associati verso il santo del pane e del lavoro, da una iconografia made in Argentina che lo raffigura con una spiga dorata in mano[17].

Anche l'immaginetta di san Espedito, il legionario romano, passa per le mani di Mama Antula e da queste ad una piccola cripta in un luogo di transito della capitale argentina. Quali che siano le sue origini storiche, dubbie come quelle del Gauchito Gil, la devozione per il santo prospera e prende forza in anni recenti. La fama di patrocinatore delle cause "giuste e urgenti" si diffonde capillarmente, spingendo migliaia di fedeli nel santuario a lui dedicato[18].

Ma è il prete *gaucho* a spopolare nei suburbi urbani, nelle *villas* e tra le baraccopoli dell'Argentina[19]. Il *villero* Ariel, l'e-

[17] Il promotore della devozione di san Cayetano fu il sacerdote argentino Domingo Falgioni, parroco di Liniers dal 1928 al 1938. Le cronache riferiscono che don Falgioni mandò, ad ogni residente sul territorio della sua parrocchia che appariva nell'elenco telefonico di quel tempo, una immaginetta di san Cayetano con in mano una spiga dorata come simbolo del pane, che scarseggiava a causa della crisi. Non si conoscono altre raffigurazioni simili nel mondo.

[18] Dal 2004 si realizzano pellegrinaggi ogni 19 aprile nella chiesa di Nuestra Señora de Balvanera, nella stazione ferroviaria di piazza Once a Buenos Aires.

[19] Tra le tante opere segnaliamo quella della Conferencia Episcopal

breo che ebreo non è, dice che non si perdeva una cavalcata. Il silenzio, lo scalpiccio sulle pietre dei sentieri, le soste, le notti fredde e stellate, il vento sulle radure delle montagne di Córdoba. Quattro giorni così sulle creste che dalle alte cime portano alla valle di Traslasierra e viceversa, tra nidi di condor e vette innevate. Tutto per rendere omaggio a un prete contadino con addosso l'odore delle pecore, nella cui storia di fatica, silenzio e sacrificio il papa argentino ha visto un modello di sacerdote, tanto da proclamarlo santo[20].

Non c'era bisogno della pandemia perché la figura del prete in talare che percorre grandi distanze sul dorso di un mulo arrivasse anche nelle case più umili dei quartieri urbani e facesse presa sui suoi abitanti.

L'iconografia dei santi maschi prediletti dai *villeros* annovera anche un don Bosco dal sorriso appena abbozzato e dalla lunga veste nera, generalmente circondato, nelle illustrazioni più sofisticate, da qualche giovane di modesta condizione. Di lui, del santo torinese di fine secolo XIX, nei suburbi dell'Argentina si apprezza l'azione a favore dei giovani, quella che l'ha portato a prendersi cura di generazioni di esclusi, cui ha dato casa, formazione professionale, educazione formale. Cose, tutte, che ispirano l'azione del movimento dei *curas villeros*, i sacerdoti che vivono nelle *villas* di Buenos Aires e delle altre città dell'Argentina[21].

Argentina, *El cura Brochero: escritos y sermones*, CEA, Buenos Aires 1999.

[20] Il sacerdote Brochero è stato canonizzato il 16 ottobre 2016, in una celebrazione presieduta dallo stesso Francesco. Così, Brochero è diventato la seconda persona nata in Argentina e venerata come santo dalla Chiesa cattolica, dopo sant'Héctor Valdivielso Sáez.

[21] Il movimento nacque in Argentina alla fine degli anni Sessanta ed è formato da sacerdoti diocesani – oggi 22 – che vivono stabilmente in *villas*

Santi di seconda linea, ma pur sempre con il loro seguito di umili, san Giorgio, il soldato romano posto a protezione della cavalleria dell'esercito argentino, ha nei quartieri popolari un cospicuo seguito di devoti. Non è da meno Ceferino Namuncurá, l'indio mapuche di cui Pio XII approvò la causa di beatificazione, che Giovanni XXIII spronò dopo di lui. Dal canto loro, Paolo VI lo proclamò venerabile, e Benedetto XVI lo fece beato. Con tutta probabilità papa Francesco lo proclamerà santo prima del termine del suo pontificato.

Santa Rita, nativa della città italiana di Cascia, è venerata nella provincia argentina di Salta, dove è conservata una delle sue reliquie, con un *pied-à-terre* a Buenos Aires nella *villa* che porta il suo nome, e dove lo scrittore Jorge Luis Borges ha ambientato il suo famoso racconto *L'uomo della casa rosa*. Nella religiosità *villera* un posto indiscutibile lo occupa anche El señor Santiago Matamoros, l'uccisore di mussulmani, ritratto a cavallo con il saraceno calpestato dagli zoccoli, e l'altro Giacomo, l'apostolo figlio di Zebedeo, divenuto patrono della provincia di Santiago dell'Estero che alle *villas* argentine dà molti immigrati. Seconda linea, meritata per san Biagio, il protettore dal mal di gola, e san Pantaleone, una sorta di san Gennaro argentino il cui sangue si liquefà ogni 27 di luglio da cent'anni a questa parte davanti agli occhi degli abitanti del popoloso quartiere di Mataderos. Testimone d'eccezione anche l'attuale papa che in una lettera ha ricordato con nostalgia i tempi in cui, come arcivescovo della capitale argentina, visitava personalmente la parrocchia dedicata al santo medico di Nicomedia[22].

miserias e baraccopoli, tanto nelle città come nelle periferie urbane. Papa Francesco, quando era arcivescovo di Buenos Aires, creó istituzionalmente la Vicaría delle Villas de Emergencia.

[22] «Tornavo a casa spiritualmente rafforzato dalla testimonianza di fe-

Monsignor Romero è l'ultimo arrivato, balzato nelle *villas* direttamente da El Salvador dov'è stato canonizzato dal papa argentino nel maggio del 2015 dopo una travagliata lista d'attesa, dove non sono mancate trame avverse e opposizioni. A lui, al martire del paese più martirizzato dell'America Latina, sono dedicate scuole, mense popolari e i *murales* dipinti sulle facciate delle pareti delle *villas*.

Il 2021, l'anno della grande pandemia, sarà anche l'anno del francescano Mamerto de la Ascensión Esquiú[23], che alla fine del XIX secolo, già vescovo di Cordoba, si oppose come poté al matrimonio e al registro civili, alla secolarizzazione dei cimiteri e alla laicizzazione dell'insegnamento[24].

Avvertimento n. 2

Un pomeriggio trasportavo degli scatoloni di alimenti da un deposito all'altro nei punti dove tutti i giorni vengono cucinati da mani volenterose. Guidavo il furgone con circospezione in un settore della *villa* dove l'esperienza insegna che bisogna guardarsi le spalle, quando ho intravvisto Marcos in un incrocio non molto frequentato e generalmente evitato anche dai residenti. Una sorta di zona franca dove si smercia droga, si commentano le bravate messe a segno e si preparano le malefatte del giorno dopo. Una sorta di santuario del piccolo crimine, un'area

de. Non è immaginabile tutto il bene che ho ricevuto», ha scritto papa Francesco ai pellegrini radunati nel santuario.

[23] Nacque l'11 maggio 1826 a San José de Piedra Blanca (Catamarca) e morì il 10 gennaio 1883 a La Posta del Suncho, nella stessa provincia.

[24] La cerimonia di beatificazione sarà il 4 settembre 2021 nella città argentina di Catamarca.

di ricreazione per i ladruncoli al ritorno dalle scorribande o in procinto di iniziarle.

Ho notato subito che Marcos aveva il volto deturpato. Accostando il furgone ho poi messo a fuoco il taglio che gli avevano fatto dall'angolo della bocca all'orecchio. La cicatrice si era rimarginata, ma le labbra erano ancora rossicce, segno che non era passato molto tempo dal giorno dello sfregio.

Quando si è accorto che lo stavo guardando e che fissavo proprio la cicatrice, Marcos ha girato la faccia dall'altra parte. Non voleva – suppongo – che gli chiedessi spiegazioni, come in effetti ho fatto. Mi sono avvicinato e l'ho salutato affettuosamente senza distogliere lo sguardo dalla guancia sfigurata ma senza rivolgergli nessuna domanda incomoda. A quel punto ha balbettato una storia confusa che aveva a che fare con la porta di un garage che doveva riparare che si era chiusa all'improvviso ferendolo in volto. Ma era evidente che la storia era inventata e che lo sfregio era un altro avvertimento che aveva ricevuto dopo la notte dei due proiettili nel polpaccio.

Ho finto di credergli per poter parlare un po'. Marcos mi ha raccontato di un lavoro saltuario che aveva iniziato con un conoscente. Il socio aveva ereditato un camion e aveva deciso di impiegarlo facendo traslochi. Questi lo chiamava di tanto in tanto come aiutante quando ce n'era uno di una certa importanza. Naturalmente Marcos aveva capito che non ero affatto convinto della sua spiegazione circa lo sfregio, ma la cosa è rimasta lì. Salutandolo mi sono felicitato con lui per il lavoro e gli ho rinnovato la raccomandazione di mettere le basi fuori della *villa*.

Tra uno sparo e uno sgarro ho avuto diversi altri incontri con Marcos. Mi veniva a trovare, come la notte del primo avvertimento. Mi portava dei piccoli regali. Una coppa di finto cristallo una volta, dei pantaloni e una giacca di taglio antico, appartenuti – così mi ha detto – a suo padre, un'altra. Non perdevo occasione di raccomandargli ad ogni visita che se ne andasse dalla *villa*, che lì aveva i giorni contati, che neppure padre Pepe poteva assicurargli protezione e men che meno io, e che non ci sarebbe stato per lui un terzo avvertimento.

Dopo una di queste visite non l'ho più rivisto, e neppure mi sono arrivate notizie su di lui da taluni che erano soliti frequentarlo. Era sparito per davvero. Doveva aver dato retta al consiglio.

Controluce
fotografie di Marcelo Pascual

MARCELO PASCUAL ha natali italo-uruguaiani e residenza Argentina. La sua fotografia mostra di prediligere gli ambienti popolari e le esistenze della parte più umile dell'umanità. Di qui la collaborazione con riviste di quartiere di diversa matrice. Il suo più recente lavoro è il trittico fotografico *Quarantena*, *Chiaroscuri*, *Controluce* realizzato nelle bidonville dell'Argentina. L'autore è convinto che il gesto fotografico – ben altro dallo scattare una buona fotografia – debba nascere dal di dentro di una situazione e dopo una adeguata condivisione della medesima. Questa caratteristica immanentista del lavoro è decisiva nella sua fotografia, e si coniuga con un modo di percepire e costruire l'immagine in un senso più spaziale che temporale per quanto riguarda il punto di visione, il gioco della luce, la definizione del colore. Momenti tutti che cercano l'*instant décisif* e più ancora, nella foto isolata o come parte di un insieme, le epifanie vitali.

Centro de Mad
y Familias
Jose Leon Sua

MERENDERO
"El Amor Vence
Al Odio"
EL AMOR VENCE AL
ODIO
CFK

PAZ

Denles ustedes de comer
te hace
feliz

Francisco
recen por mi
NIKE FC

Cuidando
la Vida
construimos
nuestros
BARRIOS

San Romero de América

YO SIGO
A CRISTO
DE LA MI

LA VIDA COMO VIENE
Siempre
Escuela de Artes y Oficios

ESCUELA DE ARTES Y OFICIOS
"San Romero de America"
PARA JOVENES DE VILLAS DE LEON SUAREZ
OBISPADO DE SAN MARTIN
PASTOR Y MARTIR NUESTRO

eternamente
a Jesus y la Virgen
Homenaje a
Armando Maradona
Don Bosco
Grupo Cultural
CRUZ del SUR
AFA
Ilumina
Nuestro club
Atletico
San Juan Bosco
LA

GRUPO DE HOMBRES
VIERNES 20:00 HS
GRUPO DE PAREJAS JOVENES
DOMINGOS 19 HS
Consultora Psicológica
Viernes
de 10 a 18 hs
GRUPO DE MUJERES
LUNES DE 19 HS
Apoyo escolar
PREJUVENILES
GRUPO ESPERANZA
Chicas y chicos
de 12 a 16 años
SABADOS 14
ANOTATE A TODAS LAS
ACTIVIDAD Y GRUPOS
EN SECRETARIA PARROQUIAL
DE LUNES A VIERNES DE
9 A 11 HS Y DE 17 A 19
SABADOS DE 9 A 12 HS
CATECISMO
SABADOS
de 10:30
a 12 hs
SAN JUAN BOSCO
GAN
LO
JES
DIGA

Chiaroscuri

Bianco: «Le cose che amavo un tempo erano molto fragili. Molto delicate. Ma io non lo sapevo. Pensavo che fossero indistruttibili. E mi sbagliavo».
Nero: «... devi capire che il sole non splende tutti i giorni sul culo dello stesso cane».
Cormac McCarthy, *Sunset Limited*

L'eleganza del Mistero

C'è la *murga*, oggi, non sentite le mazze che calano sui tamburi, i tamburelli che vibrano al colpo dei *palillos*? La peste sta passando, la banda sta tornando. C'è anche il piatto, ascoltate! Entra ed esce a suo piacere tra gli altri strumenti e fa clock quando ci vuole.

Fate largo, c'è la *murga*, lasciatela passare popolo della *villa*. Gli 'Eleganti' si fanno chiamare, e lo sono per davvero, non vedete? Eleganti dalla punta dei piedi alla punta dei capelli. Ascoltate la tromba, quanta irruenza! Ecco il trombone alle sue spalle che spariglia i suoni e li ricompone.

Si avvicina la *murga*, alzatevi in piedi, guardatela passare voi della Centrale. Sfilano gli Eleganti, saltano i banditori, quelli che non amano i guanti bianchi. Non hanno maschere, non portano più il tappabocca, vanno tra la gente senza paura, eleganti nel corpo e nell'anima, e una grazia regalata.

Sentite il fischietto, come trilla! Impartisce il ritmo, lo comanda. Lui, il tempo, obbedisce volentieri ai suoi capricci. Uno due, uno due, avanti e indietro, un passo a destra e uno a sinistra. Caracolla il mazziere, quello tutto vestito di nero con la bombetta rossa che gli sobbalza sulla testa ad ogni colpo di grancassa. Guardate il bastone tra le mani, guardatelo come volteggia! Lo fa roteare sulla destra, lo passa a sinistra in barba alla gravità. Non c'è pandemia che lo possa fermare, non c'è virus che lo faccia abbassare, il capobanda e il suo bastone danno il segnale che tutti aspettano. Il banditore avanza e la peste retrocede.

Avvicinatevi alla *murga*, popolo della *villa*, non temete. Applaudite gli eleganti. Un passo in avanti, un passo indietro, uno a destra, l'altro a sinistra. Piroettano quelli con il giubbetto rosso, saltano gli azzurri, i neri toccano la terra con la fronte mentre le gambe volteggiano sulle loro teste. I gialli sono più agili di uno scoiattolo, i neri sembrano dei giunchi tanto sono flessibili.

Fate festa popolo della *villa*, la peste se ne va, la *murga* viene, uno sciame di corpi vibranti la segue come la coda di un pavone.

Passano gli Eleganti, sentite il *bombo*, il *platillo* e il *redoblante*. E il piatto che fa clock. Quello, quello più alto di tutti, quello non è un sombrero come gli altri. Sentite le trombe, che impertinenti, e questo è il trombone che spariglia e mette in riga i recalcitranti piatti. Il fischietto trilla e spinge, cos'altro può fare!

Ricominci il ballo, fate festa. Date tutto, celebrate gomito a gomito adesso che la peste sta passando. Dio benedica la vostra fragranza. Un codazzo di aromi, un profumo di passione. Eleganti per essenza. Dentro e fuori. Dignità, forza e presenza. Passa la *murga*, che batte lo spavento e rallegra i cuori.

La Madonna spezzata

Sono le sei del mattino, e i primi pellegrini escono dalle case e convergono alla spicciolata verso il punto di ritrovo. La pandemia non ha più la virulenza dei mesi d'inverno e il voto va sciolto. È arrivato il momento di ringraziare la Virgen de Lujan per aver risparmiato maggiori sofferenze ai suoi figli che vivono nei suburbi.

I volti sono mesti, impastati di polvere e silenzi, le facce degli emigrati dal Chaco sembrano scolpite nel legno dei suoi boschi secolari. Tanti hanno i lineamenti inconfondibilmente indigeni degli abitanti delle provincie del Nord dell'Argentina, al confine con la Bolivia, poi ci sono contadini, mandriani, qualche avventore di città catapultato nella periferia dal richiamo di una fede popolare genuina.

L'assembramento cresce con il passare dei minuti. Alle sette la spianata è gremita. L'aria è già calda, il disco del sole si stacca dalla linea dell'orizzonte e comincia la sua corsa verso lo zenit.

I pellegrini s'incolonnano dietro il carro che trasporta la statua della Madonna, un pugno di fedeli lo circonda come se volesse proteggere la passeggera dalla veste azzurra dai sobbalzi del cammino.

L'asino di Valdemar capisce che il momento è arrivato: si stira in avanti facendo forza sui garretti, mentre le fiancate del biroccio cigolano. Valdemar tende le briglie e il sonaglio tintinna. La Vergine oscilla ai primi scossoni del carretto, che adesso si muove lentamente verso la meta.

S'innalzano le prime litanie, così incerte ed esili da poter essere confuse con dei lamenti di bambino. Le suppliche delle donne si allargano come una macchia d'olio sull'acqua. In una manciata di secondi le avemarie conquistano l'intera processione. Le voci, adesso, si saldano potenti tra di loro spingendo verso il cielo l'inconfondibile lode alla Madre degli argentini. Tra una decina e l'altra le note del *Virgo fidelis* si sollevano sicure dal corteo.

La processione avanza così, sospinta da avemarie e padrenostri.

Sole, polvere, passi lenti, teste chine, rosari sbiascicati per un'ora buona. La fila comincia a diradarsi, le donne e i bambini passano verso il fondo del corteo. Alle avemarie si aggiungono le litanie ai santi, Gaetano, Pantaleone, Espedito, il *cura* Brochero, san Romero d'America. Si continua il cammino. Un anziano viene disteso nel carro e ventilato con un sombrero dalle falde larghe, diverse donne sono issate sul bordo del barroccio stremate dalla fatica. La terza ora è la più difficile. Avemarie, padrenostri e litanie hanno la monotonia dell'incoscienza. Poi la sosta ristoratrice. La processione si scioglie e si coagula in grumi vocianti ai bordi della strada. Gli odori si mescolano, le *empanadas* passano di mano in mano, le *tortillas* fritte si riempiono di amalgami dai sapori forti. Le fiaschette distillano vino, le borracce portano acqua alla liturgia profana.

L'asino di Valdemar infila la testa nel sacco del foraggio. Lo scuote facendo tintinnare il sonaglio che penzola dalle briglie. Mezz'ora dopo il suono più squillante di un'altra campanella pone fine al pasto e al ristoro.

La processione riprende il cammino con lentezza. Passa un'altra ora, popolata di invocazioni e traguardi conquistati a denti stretti. Finché la cupola del santuario perfora la bruma del calore. Le avemarie riprendono con nuova lena, i padrenostri cadono tra una decina e l'altra come petali di rosa. La meta è raggiunta, ritornano i santi in lenta carovana. Il voto è stato sciolto, i morti sono stati ossequiati e la Madonna riverita.

L'asino di Valdemar si pianta, piega le zampe tozze come se volesse genuflettersi. Le stanghe del carretto seguono l'inaspettato movimento. Il barroccio s'inclina di lato. La statua della Madonna oscilla, poi cade contro la spalliera. Si divide in due parti; ciascuna tocca terra allo stesso momento, l'una a poca distanza dall'altra.

E l'asino morì.

Ai piedi della Madre.

Palla al centro, si riparte

Si agita come se lo avessero legato ad un letto di contenzione. Vorrebbe alzarsi in piedi, correre lungo i bordi del campo di gioco per seguire il va e vieni dei suoi ragazzi. Ma non può. La sedia a rotelle pesa come il piombo e lo inchioda a quaranta centimetri da terra. Ma anche così l'imbracatura di metallo non basta a trattenerlo. Le braccia muscolose fanno forza sulle ruote e la sedia a rotelle si muove. Anzi, corre. Dracu grida al terzino che non deve avanzare, al portiere di non retrocedere troppo tra i pali. Intanto guarda l'azione che si sviluppa nell'altra metà del campo, dove neppure il suo vocione forte può arrivare.

La sedia a rotelle che lo immobilizza concentra il peso della sua storia. Da capobanda a direttore tecnico di una squadra di calcio, da boss di una *pandilla*, a leader di un club sportivo con centinaia di iscritti. Questo in estrema sintesi il percorso di Diego Javier Carrizo, detto Dracu da amici e nemici.

Il perché di questo nomignolo che evoca scenari tenebrosi in Transilvania non lo sa nemmeno lui, guida indiscussa dei giovani calciatori ed aspiranti tali di Villa La Carcova, una popolosa baraccopoli ad una trentina di chilometri da Buenos Aires. Magari ci fosse stato qualcosa del genere quando era un bambino, se la passava in strada e bazzicava in cose poco pulite. Non sarebbe finito nel mezzo di una sparatoria che lo ha lasciato a terra con nove proiettili in corpo e le gambe inerti come un cencio.

Dracu non si rassegna a rimanere troppo distante dalla linea di centrocampo, dove i suoi ragazzi adesso si muovono con la palla al piede preparando l'affondo oltre la linea di difesa avversaria. La sedia a rotelle sembra lievitare, sobbalza sul pietrisco e acquista velocità. La voce insegue Cariló che scarta sulla destra e punta diritto alla porta...

La disgrazia capitò un giorno di novembre del 2001, Dracu aveva 19 anni, un figlio di due a carico, molta droga nel corpo, un proposito scellerato in testa: assaltare un imprenditore sulla porta di casa per strappargli la valigetta con l'incasso della settimana. Un lavoretto facile come tanti altri messi a segno prima di quello, facilitato dalla soffiata giusta. Ma l'assalto si complicò all'ultimo momento. Lui e i suoi complici non avevano previsto la presenza di un guardaspalle...

Dracu raggiunge la metà campo in tempo per vedere il Pelato dribblare il terzino e schizzare verso il centro dell'area facendo onore alla sua fama di velocista che già gli ha attirato le attenzioni degli scopritori di talenti del River jr. Gli grida di passare la palla, ci sono Saponetta e il Pazzo alla sua sinistra, e lui lo fa. Quando gli ritorna, lo stop di petto non è impeccabile ma il pallone scende sul collo del piede. Il tiro è buono, peccato non sia sufficientemente potente da bruciare il portiere che si stende verso il palo di destra e lo fa suo.

Si riparte.

Dracu tenta la fuga, la polizia lo insegue, si appiattisce dietro un muricciolo ma non basta. Gli occhi del poliziotto si piantano nei suoi. Un maledetto proiettile nell'inguine, il primo di nove, lo lasciano a terra sanguinante. Gli altri non bastano a liquidarlo ma i danni sono irrimediabili. Il calvario ha inizio: gli esami, le radiografie, l'ospedale, le ripetute operazioni chirurgiche, la paralisi permanente, il carcere.

Il fischio dell'arbitro ferma l'azione. Dracu ne approfitta per avvicinarsi all'area di gioco. Sussurra qualcosa di inintelligibile, ma non per il Pelato che cammina verso il centro avendo ben capito la direttiva ricevuta. Saponetta va verso il centro, il Flaco retrocede e il Zurdo e Changuito si spostano due passi sulla destra.

Quel momento sciagurato, che lo tenne in bilico tra la vita e la morte, è anche l'inizio di qualcosa di diverso. Che acquista senso molto tempo dopo, una volta ritrovata la libertà, nell'incontro con un sacerdote appena giunto tra le baracche della *villa* dove viveva. Dracu ricorda bene quel torrido pomeriggio di gennaio del 2014. Una sorta di undicesima ora nella sua vita. Il sacerdote lo invita ad un campeggio sulla costa atlantica con altri giovani. Lì, davanti al mare di San Clemente, in un momento di ricreazione il discorso va a cosa proporre a quei giovani che passano il tempo oziando agli angoli delle strade, esposti alla droga, all'alcol, alle incursioni delle bande. Si parla di un futuro club sportivo. Lo sport attira, anche i più scapestrati, anche chi va per una cattiva strada, anche chi già è con un piede nella fossa. È una scuola di vita formidabile, rincara il sacerdote che ne ha già sperimentato l'efficacia in un'area marginale di Buenos Aires.

Il gol arriva al secondo assalto. Questa volta è il Pelato che infila la rete da poca distanza dopo aver ricevuto la palla dal Saponetta. Dracu esulta. La sedia a rotelle traballa sotto il peso della sua stazza impazzita.

Da allora, da quel campeggio sulla riva del mare, tra i ruderi di una chiesa ad un centinaio di metri dalla battigia, la missione di Dracu è impedire ad altri ragazzi della baraccopoli di mettersi sulla sua strada, quella vecchia, fatta di furti, violenza e droga. Non sempre ce l'ha fatta, ci sono storie andate male, giovani che sono stati risucchiati dalla strada, dal *paco*, dai soldi facili, ragazzini finiti di nuovo davanti al giudice di minori o tra le mura di un penitenziario, ma tanti altri hanno dato le loro energie migliori al club sportivo e agli allenamenti guidati da lui. Lui lo fa con metodo, convocandoli ogni pomeriggio in uno spiazzo polveroso ai margini della *villa* strappato al destino di immondezzaio.

La palla è al centro, i ragazzi di Dracu riprendono posizione nella propria metà campo. Il fischio dell'arbitro rimette tutti in movimento. Anche Dracu, che adesso dialoga con il massaggiatore prevedendo le prime lesioni muscolari per lo sforzo prolungato.

Con l'allenamento, la disciplina, il lavoro di squadra arrivano anche le prime soddisfazioni. Due volte consecutive Dracu ha portato i suoi ragazzi nel mitico stadio del Boca, Alberto José Armando, universalmente conosciuto come la Bombonera, primi e secondi classificati in un torneo di club sportivi come il suo. Indimenticabile il pomeriggio del 12 dicembre del 2017, giorno dedicato alla straripante tifoseria degli Xeneize di un Maradona ancora in vita. Nel tempio del Boca junior si gioca la finale di un campionato di squadre dei quartieri popolari di Buenos Aires e dintorni. Lo stadio è gremito, vibrante di canti e di festa. Quindici pullman di *villeros* vanno ad applaudire i giovani di Dracu. Altre decine di migliaia si uniscono a loro in un pomeriggio indimenticabile terminato sul podio.

Popcorn Bum Bum

La fionda di Popcorn Bum Bum è implacabile. Non per nulla c'è quel bum bum subito dopo il soprannome. Glielo ha affibbiato Tiago il boliviano, e di motivi deve averne avuti, perché Popcorn Bum Bum scaglia con molta precisione il proiettile che frantumerà le ossa agli uccelletti che gli vengono a tiro.

Adesso, poi, che la scuola è chiusa per la peste, Popcorn Bum Bum può fare quello che gli pare e piace tutto il giorno. E quello che gli piace più di tutto è cacciare gli uccelli nel fossato che attraversa la *villa* dove lui e la sua famiglia vivono sin dal giorno in cui è nato, nove anni fa.

Popcorn Bum Bum insegue gli horneros dal petto rossiccio e i picabuey dalle piume gialle senza fare molte distinzioni, e se si imbatte in un zorzal dal petto maculato il cuore comincia a battergli a tutto spiano. Quando ne vede uno Popcorn Bum Bum si apposta sotto l'albero con la testa all'insù e non lo perde di vista. Inutile che il zorzal cerchi di nascondersi tra le foglie. Non c'è fronda che tenga, non c'è cespuglio, non c'è salice piangente che possa occultare il piccolo volatile alla sua vista penetrante.

Popcorn Bum Bum impugna la fionda con spavalderia. Guarda il mondo attraverso le forcelle divaricate, stupito che gli obbedisca ad ogni suo cenno. Popcorn Bum Bum prende la mira. Gli occhi si socchiudono. Le due fessure inquadrano il zorzal nascosto dal fogliame. Le punta delle dita palpano la soletta di cuoio. Il proiettile è lì, e non lo lascerà finché la distanza non sarà quella calcolata e la traiettoria giusta. Gli elastici si tendono, l'occhio destro si socchiude... il tordo saltella sul ramo vicino e per il momento si mette in salvo. Ma gli occhi di laser di Popcorn Bum Bum non gli danno scampo. Prima che il zorzal spicchi il volo lascia partire il colpo. Il proiettile punta diritto il bersaglio lasciando una scia di foglie distrutte al suo passaggio. Il tordo salta appena in tempo per schivare la pietra affusolata e se ne va dall'altra parte della chioma. Popcorn Bum Bum lo osserva imperturbabile. Fruga nella tasca senza togliergli gli occhi di dosso e carica il solino della sua fionda con un nuovo proiettile. Il zorzal approfitta della tregua e vola su un albero di alto fusto, dove la pallottola non può arrivare.

Se avesse un fucile ad aria compressa non gli sarebbe scappato, pensa Popcorn Bum Bum rinnovando il proposito di comprarsene uno quando sarà grande e avrà un lavoro.

Il zorzal saltella beffardo. Ma non importa. La giornata di Popcorn Bum Bum è ancora lunga e la caccia può ricominciare.

Pagnotte di formaggio

Chi andasse a sbirciare nell'anagrafe vi incontrerebbe un nome illustre, Ignazio, come il santo soldato fondatore della Compagnia di Gesù. Gli amici, però, lo chiamano Nacho. Dietro la porta di casa sua, appollaiati sulle travi del porticato, ci sono due pappagalli verdi che sembrano gemelli. In equilibrio sulla punta di un palo c'è anche un arara dalle piume rosse e blu che osserva ogni cosa dall'alto, immobile, distaccato come un sovrano d'altri tempi. Le palpebre grinzose gli scivolano sull'occhio con esattezza meccanica, poi si sollevano come un sipario in un teatro scoprendo la pupilla vitrea.

Una scimmietta venuta da chissà dove penzola da un albero senza foglie. Non ha un aspetto salutare e la coda è spelacchiata. Attorno al collo ha una corda come quella di un impiccato. La scimmietta è irrequieta, ciondola da un ramo e tocca terra spingendosi fin dove la fune le permette di arrivare. Di lì digrigna i denti e soffia a chi le si avvicina, per difendere – si direbbe – il pezzo di corteccia che stringe tra le dita rosa come tanti lombrichi.

Una mezza dozzina di cani scorrazza tra i rifiuti della discarica all'altro lato della strada. Sono diversi uno dall' altro: chi piccolo chi più grande, chi corto chi più lungo, tutti randagi e straordinariamente magri. Portano a spasso le loro ossa aguzze qua e là, sempre in gruppo, fiutano la terra e guardano in direzione di tutto ciò che si muove senza un vero interesse. C'è anche una tartaruga dall'età indefinita che sta immobile al sole tra due sassi, incurante dei cani che di tanto in tanto le vanno vicino per annusarla.

Nacho vive con i suoi animali in una casa metà in legno metà di mattoni. L'ha ereditata dal padre, assieme ad una piccola attività artigianale iniziata in altri tempi, quando la fame faceva le veci della pandemia. Nacho produce formaggio, dei mattoni di formaggio che conta uno ad uno per venderli negli anfratti della villa adesso che la pandemia sta passando.

Alle sette del mattino, quando l'aria si scalda, Nacho carica sul suo Toyota le barre gialle di formaggio e le trasporta nelle botteghe che hanno riaperto con il passare della peste e nelle case dove sa che li aspettano.

È fatta così la sua giornata, da quando il padre gli ha lasciato tutto in mano: formaggio e furgone, i pappagalli e la scimmia, strade di terra e cani, polvere d'estate, fango d'inverno. Nei giorni della grande peste ha ridotto la produzione al minimo, ma ora spera di risalire la china della depressione e ritornare ai livelli che aveva raggiunto prima della pandemia.

Nacho è orgoglioso del suo piccolo stabilimento, dei suoi due lavoranti, della nuova macchina che filtra il latte, delle sue pagnotte di formaggio giallo che riempiono di odori la casa, del giardino con l'arara, del terreno che arriva a toccare la strada asfaltata dove raramente passano delle automobili.

Tutti i giorni, verso sera, quando il sole si avvicina alla linea dell'orizzonte, Nacho si siede all'ombra di una tettoia di zinco, tra i recipienti di latte e i setacci per colarlo. Apre un libro dalla copertina scura e legge poche righe. Parlano di Gesù, di miracoli compiuti nel suo nome, di obbedienza a un padre che è nei cieli. Qualcuno deve averglielo regalato e da allora non se n'è mai separato. Rimastica le parole in silenzio, mentre inala i profumi del formaggio e tiene d'occhio i suoi animali.

Epiloghi

Marta si era preparata alla morte, la pensava da mesi, sentiva sempre più vicino il suo alito fetido di disinfettanti. Ha aspettato che la peste passasse per andarsene, lentamente, raccomandando l'anima a Dio dopo un'agonia più lunga della stessa quarantena. Quando finalmente l'ho potuta visitare in ospedale dopo la fine dell'isolamento, aveva il collo lungo di un anatroccolo, nodoso come il ramo di un vecchio faggio. Un rigonfiamento sul lato destro concentrava la presenza ostile incistata nel suo corpo. Il viso era dilatato come la bocca, resa una smorfia dal grumo famelico che le cresceva dentro modificandole le simmetrie del volto. Guardandola distesa nel letto, pareva di vederlo, il tumore, ingigantirsi a vista d'occhio, divorando quel che di vivo incontrava sul proprio cammino. In certi momenti lei mugolava per il dolore, muoveva la testa sul cuscino e ritraeva gli arti verso lo stomaco. Cercava di sopportare il più a lungo possibile quell'ultima sofferenza. Le infermiere che si occupavano di lei le avevano annunciato la visita di un sacerdote, e lei non voleva venir meno a sé stessa e al mondo senza ricevere l'estrema unzione.

Fuori dalla stanza d'ospedale le occupazioni proseguivano più frenetiche di altri momenti, tutte convogliate a tenere a distanza la grande peste che minacciava di ritornare con tutta la sua furia come in altre parti del mondo. Le infermiere spingevano nei corridoi i carrelli lucidi di metallo e si dileguavano nelle stanze dei malati per riapparire poco dopo come in un gioco di magia. I suoni della strada si arrampicavano lungo le pareti della clinica ed entravano nella camera di Marta come una pulsazione di vita dopo la desertificazione della quarantena.

C'era una fioreria all'angolo dell'ospedale. Era stata riaperta da pochi giorni. Il profumo dei fiori filtrava tra gli stipiti della finestra mescolandosi agli odori delle sostanze igienizzanti che venivano sparse in abbondanza nei corridoi. Qualche colpo di clacson rimbalzava sulla facciata di marmo dell'ospedale provocando un suono che pareva lo schiocco di una frusta.

Due giorni dopo la visita del sacerdote le hanno sospeso il trattamento chemioterapico. Un giovane medico le ha detto che le restavano pochi giorni di vita e che avrebbero rafforzato le cure palliative. Marta ha ascoltato in silenzio la sentenza. Lo sapeva già. C'era compassione nei suoi occhi; per il compito gravoso del professionista che l'avvertiva della morte imminente, credo. Lei non aveva paura della morte, si era preparata a riceverla fiduciosa su quello che ci sarebbe stato dopo.

Quando è rimasta sola – me l'ha detto l'infermiera – ha pianto con pudore.

Ha avuto ancora qualche giorno a disposizione. Non parlava più quando sono tornato a visitarla. Ogni tanto cercava di sorridere. Da un certo momento in avanti hanno cominciato ad uscirle dalla gola dei suoni inarticolati. Non avevano più nulla della parola composta, significante. Provocavano pena in chi le stava davanti. Se ne dev'essere accorta, perché ha deciso di non sforzarsi più di parlare. Quando il corpo non poteva più seguire i comandi del cervello, cercava di supplire con la mobilità degli occhi alla spossatezza delle membra.

È stata lucida sino alla fine. Ha continuato a guardare e ad ascoltare il mondo che entrava nella sua stanza con molta attenzione. Come se fosse la prima volta che vedeva le cose, che ascoltava i rumori della strada, come se tutto fosse nuovo ai suoi occhi che si prosciugavano di vita. Invece era l'ultima volta, lo sapeva, e ad ogni cosa rivolgeva un ultimo saluto.

Chissà come le apparivano gli oggetti nella stanza dal punto di osservazione a cui l'imminenza del distacco l'aveva portata?

Non ho avuto il coraggio di chiederglielo. Le ho stretto la mano in silenzio, e basta.

Villero monastico

Immaginate un manipolo di uomini, un centinaio, tutti residenti in ambienti segnati dall'emarginazione. Famiglie a carico, talvolta più di una. Figli, generalmente molti, e avuti con donne diverse. Scuole elementari alle spalle e solo quelle, nei migliori dei casi. Tra di loro c'è chi la scuola non l'ha conosciuta, e scrive e legge con difficoltà o non lo fa affatto.

Gli uomini di cui stiamo parlando vivono di lavori pesanti, formali e informali come si suole classificarli in queste *favelas* suburbane. Lavori precari per lo più, le cosiddette *changas*, di quei lavoretti insomma che bisogna prendere al volo quando capitano e consentono di allentare la cinghia per qualche settimana. Ci sono netturbini tra di loro, raccoglitori di cartone, giardinieri, domestiche, riciclatori, autisti di auto a noleggio. Qualche impiegato comunale, due o tre dipendenti delle ferrovie, un paio di conducenti di autobus. Altri, una buona metà, il lavoro non ce l'hanno affatto.

Alcuni di questi uomini hanno un passato non impeccabile,

con qualche passaggio in carcere, da detenuti o per far visita a figli, fratelli, famigliari finiti in galera per qualche ragione, che quasi sempre si divide tra spaccio e furto.

Immaginate questi stessi uomini in un monastero con clausura annessa, tutti seduti uno di fianco all'altro davanti all'altare maggiore, compìti e in silenzio.

Dietro quello stesso altare, anch'essi seduti gomito a gomito negli scranni del coro, ci sono una decina di monaci sperimentati e dalla lunga veste bianca. Tutti hanno in mano un libro voluminoso, e recitano salmi *in recto tono* nel miglior stile gregoriano.

Non è facile immaginarlo, vero? Per questo bisognava essere lì quando tutto questo è avvenuto. Ma fidatevi! È successo proprio così. Nel primo giorno di carnevale dopo la grande peste, quando le notti trascorrono al ritmo di chiassose bande di tamburi, trombe e tromboni fino alle prime ore del mattino ed oltre e con in corpo tutta la birra e il vino che si riescono a comperare con improvvisate collette.

La scena descritta è avvenuta nel primo monastero benedettino sorto in America del Sud, quello che porta il nome del Niño Dios, nei pressi della città di Victoria, nella provincia argentina di Entre Rios, a trecento chilometri da Buenos Aires più o meno. Una abbazia di fine Ottocento, la prima nell'America spagnola, filiazione del monastero francese di Notre-Dame de Belloc, nei Pirenei atlantici.

Per un giorno il convento benedettino di Gesù Bambino è stato occupato da padre Pepe e i suoi *villeros*, e i monaci sono tornati alle origini, quando il popolo degli umili portava nelle mura consacrate le pene e i peccati della propria stirpe. L'hanno fatto anche gli uomini di cui stiamo parlando. Hanno introdotto nell'abbazia conventuale il peso della droga che flagella i loro figli, le angustie del lavoro precario, l'umiliazione di non poter portare a casa il necessario per le loro famiglie, le vite spezzate di chi è in carcere, le frustrazioni dei giovani della *villa* che imboccano la strada del furto e della violenza.

E non è tutto. Immaginatevi i cento di cui sopra parlare di preghiera e di lavoro (l'*ora et labora* di universale memoria) con l'abate in carica della suddetta abbazia, il sesto nella storia del monastero. Per un'ora e passa hanno interrogato il priore sul senso cristiano del lavoro, sulla glorificazione della fatica quotidiana del vivere, sul valore dell'amore al prossimo, sulla convenienza umana dell'essere cristiani, sull'esperienza della fede vissuta in una comunità determinata.

Nell'ora del vespero le porte del monastero si sono chiuse di nuovo, il silenzio ha riconquistato l'eremo, i monaci sono tornati alle loro preghiere e i *villeros* si sono rimessi in viaggio portando un pezzo di abbazia nella loro *villa*.

Creatività

Lentamente, tornano a popolarsi anche i grandi santuari dell'America Latina. Sulle vette delle Ande, nelle immense pianure dell'America del Sud, tra le intricate foreste dell'America Centrale riprendono – debitamente distanziati – i pellegrinaggi alle Madonne variamente apparse. Non si può dire che la fantasia del Mistero non si sia sbizzarrita nel manifestare il più intimo dei dogmi cattolici in decine di modalità differenti in lungo e in largo per tutto il continente. Se la Madonna nazionale dei panamensi sopravvive al saccheggio del pirata Morgan[1], quel-

[1] Henry Morgan, pirata, governante e marinaio gallese, occupò e incendiò la città di Panamá nel mese di gennaio del 1681.

la del Nicaragua, la 'purissima' per il popolo, arriva nel paese centroamericano nascosta nella sacca di un fratello di santa Teresa d'Avila[2]. Intanto, più a sud dell'istmo dell'America Centrale, la Vergine del Quinche rassicura gli indios dell'Ecuador che non saranno divorati dall'orso famelico che imperversa nel loro territorio[3], mentre alla popolarissima Vergine cubana del Cobre, se ne aggiunge una seconda, detta dell'Exílio, che prima di raggiungere la destinazione finale in terra statunitense staziona, chissà perché, nell'ambasciata d'Italia a L'Avana[4]. E che dire della patrona del Venezuela, che apparve a un indio così impaurito dalla manifestazione divina che per tutta risposta tentò di ammazzarla a colpi di freccia! Ella si dileguò lasciando in mano allo sconcertato cacicco una piccola pergamena con la propria immagine, come se si trattasse di un moderno biglietto da visita[5].

Le Madonne dei paesi delle Ande svettano nei santuari ad alta quota, circondate da pellegrini e condor. La vergine colombiana di Chiquinquirá, dipinta su un arazzo di cotone di fattura indigena, si auto restaura dopo essere stata abbandonata alle inclemenze del tempo. Ai suoi piedi si inginocchierà il liberatore

[2] Si tratta del francescano don Lorenzo de Cepeda, fratello di santa Teresa di Gesù, che fece scalo sulle coste dell'attuale Nicaragua nel 1562.

[3] Cronache posteriori riportano le testimonianze degli indios del luogo secondo cui «dopo l'apparizione sparirono gli orsi che minacciavano la popolazione».

[4] La replica della popolare Virgen de la Caridad del Cobre raggiunse la comunità cubana in esilio a Miami nel 1961 dopo essere stata custodita alcuni giorni nell'ambasciata italiana a Cuba.

[5] La tradizione raccoglie e trasmette una cronaca orale secondo cui un nativo di nome Coromoto – da cui il nome della Madonna nazionale del Venezuela –, il giorno sabato 8 settembre del 1652, impaurito dalla figura che gli appare, scaglia frecce contro la stessa.

d'America in persona, Simón Bolívar, che ne porterà le insegne nelle battaglie per l'indipendenza latinoamericana[6].

Le Madonne guerriere forgiano la storia delle nazioni del continente. In testa la boliviana detta Urqupiña, impressa sugli scapolari di soldati e comandanti nelle campagne militari per l'emancipazione[7]. La Madonna cilena del Carmen, importata dalla Spagna dai frati di sant'Agostino, ha una tradizione militare non minore della sua omologa boliviana se si considera che José de San Martín in carne ed ossa la onorò con il titolo di 'Patrona del Ejército de los Andes', mentre Bernardo O'Higgins, altro onorato generale di eserciti liberatori, la denominò 'Patrona y Generala de las Armas Chilenas' alla vigilia della celebre battaglia di Chacabuco, decisiva per le sorti della incipiente nazione[8]. E che dire delle Madonne caparbie, quelle che il posto dove essere onorate se lo sono scelto da sole, facendosi trovare in un punto determinato e resistendo ai tentativi, talvolta disposti dalle stesse autorità ecclesiastiche, di essere sloggiate? Per dissuadere chi la voleva trasferire in altro loco, la piccola immagine della Madonna del Chapí, in Perù, divenne così pesante che fu impossibile rimuoverla da dove si era piantata. Il miracolo della sua ostinazione si diffuse per tutta la regione ispirando i pellegrini che da allora percorrono lunghe distanze per terreni

[6] Il generale Simón Bolívar usò il tesoro del santuario eretto alla Madonna di Chiquinquirá per finanziare la guerra di liberazione dalla Spagna, e vi si recò più volte a pregare per la vittoria nelle battaglie.

[7] Durante la guerra del Chaco (1932-1934), i soldati nominarono la Virgen de Urqupiña 'madrina della guerra'. Era anche d'uso cucire sotto la divisa degli scapolari con la sua immagine.

[8] La battaglia di Chacabuco ebbe luogo il 12 febbraio del 1817 e dette la vittoria all'Esercito delle Ande comandato da San Martín sulle forze fedeli alla corona spagnola. Fu determinante per l'indipendenza del Cile.

impervi, disseminando lungo il cammino delle pietre di diverse dimensioni per alleggerirsi simbolicamente del peccato che li opprime[9].

Nel sud dell'America Latina, nelle pampas argentine, si racconta che il carro che trasportava la Madonna verso la sua vera destinazione si piantò in un punto del cammino ed i buoi non ne vollero sapere di proseguire verso la meta stabilita. Spostata più volte ritornò sempre nello stesso posto, nelle vicinanze del villaggio argentino di Lujan, che da allora venne chiamato il luogo del miracolo[10]. Al di là dei confini dell'Argentina, intanto, nel vicino Paraguay, un indio correva a perdifiato per nascondersi dagli inseguitori di una tribù rivale. Si occultò dietro un tronco caduto ed ebbe solo il tempo di promettere che l'avrebbe intagliato con l'immagine della Madonna se fosse riuscito a passare inosservato ai suoi persecutori. E così avvenne; l'indio poté ritornare sui suoi passi sano e salvo e mantenne la promessa che aveva fatto[11].

La singolarità della Madonna dell'Uruguay, detta dei Treinta y Tres, è quella di non averne alcuna. La sua popolarità,

[9] La strada che conduce al santuario della Madonna del Chapí è impervia e la basilica stessa si eleva ad oltre 3.000 metri di altezza. I pellegrini usano recarvisi caricando pietre, a ricordo del miracolo.

[10] La tradizione vuole che dopo tre giorni di viaggio il carro che trasportava la piccola Madonna facesse una sosta nella località di Zelaya, un agglomerato di case nelle vicinanze della cittadina di Luján. Ma i buoi che dovevano trasportarla verso la tappa successiva non riuscirono a spostare il carro per proseguire il viaggio.

[11] L'episodio avvenne nel villaggio chiamato Tobatí (vicino all'odierna cittadina di Caacupé), ed ebbe come protagonista un intagliatore di legno di nome José, di etnia guaraní. Dal fusto del tronco che lo nascose ricavò due sculture. La più grande corrisponde all'attuale, esposta nella basilica di Caacupé.

infatti, non è legata ad avvenimenti straordinari, né a segnali che trascendessero l'ordine naturale delle cose. Solo la 'fortuita' coincidenza di trovarsi nel momento giusto – l'atto solenne della Dichiarazione d'indipendenza – nel posto giusto – la fattoria scelta dai patrioti per celebrare il relativo congresso sanzionatorio.

Tutte Madonne dolorose quelle dell'America Latina, nell'aspetto e/o nel nome, partecipi della condizione sofferente delle popolazioni che si sono date il compito di proteggere, e che, proprio per questo, il popolo più umile sente connaturali alla propria condizione di precarietà sulla terra.

L'indigeno, il popolano, il derelitto sono i privilegiati delle manifestazioni della Madre di Dio in terra latino-americana, sia esso contadino, pescatore, bracciante, o il più celebre Juan Diego Cuauhtlatoatzin, l'indio dalla genealogia náhualtl in Messico, archetipo di tutti gli umiliati del continente.

L'evento portentoso che ha fatto le fortune della patrona dell'Argentina è stato presenziato da uno schiavo afrobrasiliano[12], mentre la Madonna boliviana, dagli inconfondibili tratti indigeni, è stata intagliata da un discendente inca di ben poveri natali. La famosa Aparecida del vicino Brasile venne 'pescata' da tre umili pescatori sul fiume Paraiba[13]; la Señora de Suyapa, patrona dell'Honduras, si è fatta incontrare da un giovane e povero bracciante[14]. Fedele alla regola, anche la Madonna di

[12] Manuel, uno schiavo negro che faceva parte della carovana che trasportava la statua di argilla proveniente dal Brasile destinata ad una fattoria in argentina.

[13] Tre pescatori che tirarono le reti lungo il corso del rio Paraíba del Sur il 12 ottobre del 1717 pescarono prima il corpo, poi la testa, di quella che diventerà Nuestra Señora Aparecida.

[14] Il contadino Alejandro Clindres, mentre puliva un campo di grano

Caacupé è opera di un indio della stirpe guaranì dai poverissimi natali[15], come quella boliviana.

Tutte sono Madonne madri, infinitamente madri, completamente madri che si comportano come tali, e come tali sono sentite dal popolo delle *villas* che le onora invocandole. E tutte, quasi senza eccezione, portano in braccio il Figlio di Dio, lo protendono teneramente verso il *villero*, esprimendo la vicinanza di un potere finalmente equanime, redentore e capace di giustizia vera in questo mondo e nell'aldilà.

Formalina

Mi sono domandato a lungo la ragione di quello strano comportamento, che neppure la pandemia e i pericoli di contagio del lungo tempo di segregazione avevano modificato. Quando delle persone gli diventavano amiche, dopo un certo tempo si allontanava da loro. Verrebbe da pensare il contrario, che la familiarità generi vicinanza e desiderio di maggiore e duratura confidenza. Ma nel suo caso non era così.

Conoscendo un poco la sua storia sapevo che in uno stesso posto soleva rimanere non più di quattro o cinque anni. Un tempo intenso, di molto impegno (lo posso ben dire per aver vissuto fianco a fianco un buon segmento della sua vita), trascorso il quale cominciava a pensare di trasferirsi altrove.

Quando questo pensiero si cristallizzava alla luce del sole, lo aveva macerato dentro di sé e non c'era più niente da fare. La

con il figlio piccolo a nord-est di Tegucigalpa, in un giorno non meglio precisato tra la fine di gennaio e l'inizio di febbraio del 1747.

[15] José, indio guaranì, che frequentava la missione francescana di Tobatí nelle vicinanze di Caacupé, dove venne poi edificato il santuario.

decisione a cui perveniva era irrevocabile. Metterla in atto era solo questione di tempo, generalmente poco.

Tra sé e le persone da cui si era fatto voler bene, che lo amavano e che lui amava, interponeva delle grandi distanze. Aveva amici in paesi diversi, lontani migliaia di chilometri uno dall'altro. In Nicaragua, in Salvador, in Messico, in Brasile, in Colombia e Venezuela, non c'era praticamente nessun paese dell'America Latina dove per un tempo più o meno lungo non avesse piantate le tende della sua vita e stabilito legami di grande significato esistenziale. Tende, però, lo ribadisco, mai una casa vera e propria di calce e mattoni. La sua era una dimora provvisoria come quelle dei nomadi nel deserto, di cui, peraltro, imitava i costumi sobri.

Ogni tanto lo sentivo pronunciare il nome di un amico in Italia, accennava a qualcun altro in Argentina, esaltava una qualche virtù di una persona in Colombia, con pudore, con riconoscenza allo stesso tempo, per la loro esistenza. Ne parlava con parole parche di dettagli, sempre vigilate con cura, quasi che nominare le persone care che vivevano altrove le esponesse a un non meglio precisato logorio. Ma a quegli amici che si era fatto pensava spesso, lo vedevo dall'espressione del suo volto, lo capivo dall'affetto con cui li nominava. Desiderava con tutta l'anima che la vita fosse favorevole a quegli amici lontani a me sconosciuti, anche adesso che lui non poteva essergli fisicamente vicino come in un altro momento della sua esistenza.

Perché, allora, li aveva lasciati? Perché se n'era distanziato? Ne celebrava le gioie, provava pena per le disgrazie di cui veniva a conoscenza, partecipava ai progetti di ciascuno dalla provvisoria distanza che la vita stabiliva tra lui e loro.

Nel tempo della interminabile pandemia riceveva e chiedeva notizie, e alcune volte l'ho visto rattristarsi quando non erano buone. Credo che per lui la multi-locazione fosse una proprietà desiderabile come l'immortalità, e che la sua mancanza rivelasse ai suoi occhi come null'altro la finitezza dell'umana natura.

Perché allora era ripartito? Perché si era separato da loro in un momento determinato della sua vita? Non riuscivo a darmi ragione di questo suo pressante anelito d'allontanarsi.

Eppure, era così, scivolava via con infallibile precisione al culmine di un rapporto, nel cuore di una amicizia, quando una relazione diventava affettivamente intensa. Attenuatasi la pandemia, con la riapertura degli aeroporti e il ristabilimento dei voli, se n'è andato una volta ancora. Ha riempito le due valigie con cui era arrivato ed è partito lasciando dietro di sé domande senza risposta. Ha detto solamente che era arrivato il momento. Poche parole, poche spiegazioni, una decisione che aveva tutto l'aspetto di essere irremovibile.

Poi, all'improvviso, ho trovato la risposta. Dal giorno in cui ho ricevuto le sue prime notizie dal nuovo posto in cui si era stabilito, quel suo comportamento non mi è più apparso così enigmatico. Credo di poter dire che dietro ad ogni trasloco c'era la paura di deluderli. Di non essere più all'altezza della confidenza che si era stabilita.

La distanza, a suo modo, era per lui come la formalina per gli abiti, un conservante che mantiene le consonanze nel loro apogeo e non le lascia deteriorare.

Monologo della nostalgia

Il sole sembra appoggiarsi sulla linea dell'orizzonte. È picchiettato da piccole macchie scure come la coda di un pavone. Al di qua della ruota infuocata c'è il grande immondezzaio di Buenos

Aires, di nuovo meta di riciclatori di spazzatura dopo la lunga quarantena, che li ha rinchiusi nei meandri della *villa* come animali nella tana. La peste sta passando, un'ultima scia di contagi la segue come il pulviscolo di una cometa. Le attività interrotte si riannodano, tanti progetti tornano alla superficie come un fiume carsico. Anche i *cartoneros* vanno a rioccupare le fonti della loro sopravvivenza. Spingono i loro carretti traballanti nei solchi della discarica, mentre i vapori della decomposizione si condensano nell'aria maleodorante.

Al tramonto sembrano ombre che si muovono come serpenti tra antiche rovine. D'improvviso un fantasma tremolante s'alza tra le montagne di scarti. Il canuto personaggio dal volto macilento, magrissimo nella veste sdrucita, si muove con fatica, familiare ai rifiuti che lo circondano.

Dice di chiamarsi don Valentín, di essere nato in un piccolo villaggio della provincia di Catamarca da madre e padre contadini, partoriti da nonni andalusi che non condivisero la sorte benevola dei loro connazionali giunti in Argentina a metà del secolo passato. La povertà di partenza rimase la stessa anche negli anni a seguire e solo poterono strappare alla terra di che sopravvivere.

La voce un poco afona di don Valentín smuove l'aria rovente che ristagna sulla discarica, le braccia cotte dal sole spuntano da una canottiera striminzita e fanno forza sulla stanga del carretto. Ricorda il momento dell'arrivo nella *villa*, un giorno piovigginoso del 2001, quando l'Argentina era in ginocchio e vivere nelle campagne era sempre più arduo. Aveva con sé due sacche di vestiti, un tappeto arrotolato per stendervisi sopra durante la notte e un bollitore elettrico per scaldare l'acqua. In tasca mille pesos di quel tempo, stropicciati e odoranti di sudore, ed altri cinquemila arrotolati in un calzino, tutto il ricavato dalla vendita di cinque pecore di sua proprietà ricevute in pagamento per il lavoro di aiutante mandriano nella tenuta Los Olmos del dipartimento Santa Rosa.

Don Valentín si guarda attorno cercando un punto della discarica che altre volte deve avergli dato una qualche soddisfazione. Fa leva sulla stanga per rimettere in movimento il carretto e riprende a parlare.

Si è unito ad una invasione di terre ai margini di un'area paludosa in via di risanamento, e per un mese ha dormito sotto un telone di plastica sostenuto da quattro pali. Il materasso glielo hanno prestato il sesto giorno i promotori dell'occupazione, dopo aver dormito sul suo tappeto per una intera settimana.

Don Valentín spinge il carretto verso un altro punto che promette migliori ricompense alle sue fatiche, e intanto cerca di mantenere le ruote nei solchi del terreno.

Il quarto giorno di occupazione arrivarono i gendarmi e bloccarono gli accessi al terreno. Lui e gli altri si prepararono a resistere allo sgombero, si alimentarono per tre giorni di zuppa di mais cucinata in enormi pentoloni, il vino non mancò, e neppure le chitarre attorno ai fuochi notturni, fin quando i poliziotti si ritirarono senza intervenire. Don Valentín ricorda quel momento con sollievo. Aveva già pagato la metà delle sue sostanze ai leader dell'occupazione in cambio della terra che sarebbe diventata sua, e non voleva tornare sui suoi passi. Ma i soldi finirono, e il lavoro promesso non arrivava. Allo stremo, e senza più denaro, gli giunse la proposta di entrare in una cooperativa di riciclaggio. Povertà cronica, insomma, ma cibo e vino assicurato. Il resto è storia conosciuta. Don Valentín considera che non ci sia altro da dire e sparisce nella nebbia con il carro.

Esultanza

Il giorno era piovoso, il terreno chiazzato di pozzanghere melmose. I cumuli d'immondizia tutt'intorno erano stati rimossi dopo che una eterna quarantena li aveva innalzati a dismisura. Il campo di gioco era ai limiti dell'impraticabilità. Il fango incollava il pallone a terra e penalizzava i più veloci, e il Pelato tra questi.

Il Pelato, oltre a non avere i capelli, era anche gracile di corporatura, neppure sessanta chili di giunture dinoccolate e tutte tendini e nervi. In pochi metri però accelerava come un turbo e si lasciava alle spalle chi gli voleva portar via il pallone dai piedi. La velocità compensava il difetto di un tiro debole, su cui il suo allenatore stava lavorando per portare la sua promessa ai livelli tecnici che lo avrebbero reso interessante agli occhi di club più blasonati, sempre in cerca di talenti.

Sul campo di calcio quasi tutti correvano dietro al pallone senza molta disciplina e ancor meno ordine. Dal punto elevato in cui mi trovavo, sugli spalti di legno innalzati ai margini del terreno, vedevo una sorta di macchia di gambe e teste che si coagulava e si spostava da un punto all'altro del campo di gioco. I movimenti di quel grumo umano erano comandati dalle traiettorie del pallone che sdrucciolava nella melma in parabole irregolari. Non era facile per nessuno dei calciatori mettersi in mostra in quel pantano, dove il cattivo stato del terreno livellava le qualità individuali verso il basso. I forti, i rudi, si muovevano al rallentatore appesantiti dall'acqua che scendeva dall'alto e incollati dalla poltiglia vischiosa che li risucchiava verso il basso, gli agili ansimavano dando fondo alle energie che si scaricavano come delle batterie usate.

Più o meno al ventesimo minuto un pallone calciato con forza da un difensore ha scavalcato i giocatori concentrati in area per poi terminare la sua parabola lontano da tutti, in una zona del campo spopolata. Il Pelato si è lanciato come un razzo verso la sfera di cuoio quando ancora sorvolava il fango. Appena toccato terra il pallone si è piantato in una pozzanghera e lì è rimasto. Il Pelato l'ha raggiunto prima di tutti, e tra una pozza e l'altra ha spinto il pallone infangato davanti al portiere avversario. Lì, esausto, con il fiatone che gli sollevava il petto gracile, gli ha tirato un calcio vergognosamente debole, che però è bastato a farlo rotolare dentro la porta, fino a toccare le maglie della rete senza neppure scuoterle.

Ansimante, incredulo, il Pelato non aveva nemmeno la forza per esultare. Ricordo d'averlo fatto io per lui.

La piccola professoressa di italiano

Da bambino mi sono innamorato della maestra. Si assicura che se ne innamorino tutti, ma non credo sia una legge. È un evento molto frequente e basta. Verso la fine delle elementari sprizzavo adorazione per una bambina di nome Daniela. Paffutella, disinvolta, dal riso rumoroso. Non mi sono mai dichiarato con lei, non le ho mai detto quanto la amassi; non ce n'era bisogno. Gli sguardi furtivi, i sorrisetti furbi, i risolini nel gruppo dei coetanei, bastavano a farle sapere che era mia; altri pretendenti se la sarebbero dovuti vedere con me. Non ho mai dovuto mettere alla prova il mio coraggio. La famiglia di Daniela se n'è andata a vivere in un'altra città e mi ha lasciato con il cuore spezzato. Il giorno della partenza, guardando dalla finestra mentre caricavano le valigie sul portabagagli della loro giardinetta, ho pianto le prime lacrime d'amore.

Più grande, alle scuole medie inferiori, mi sono innamorato di una supplente di italiano. Che strano! Per quanto ci pensi non me ne ricordo più il nome. Aveva sostituito l'anziana titolare per un intero anno scolastico. Era piccola di statura, aggraziata nel portamento. Non inconfutabilmente bella. I capelli di un nero cupo, lunghi e lisci, addolcivano le imperfezioni dell'insieme e potenziavano la sua femminilità. Era un po' timida; questo, forse, spiegava una certa spinta, un suo lieve eccesso d'energia nel parlare, come se dovesse accumulare le forze ai confini della volontà per poi lasciarle fluire nella direzione decisa, con quella violenza iniziale che ha l'acqua quando comincia la sua corsa. Questa sua timidezza, anziché allontanarla, me l'ha resa familiare. Solo dopo, con qualche anno in più, ho avuto il pensiero giusto, esplicativo di quella simpatia iniziale: la vita le costava fatica, con questa sua fatica mi sentivo solidale.

Non eccellevo nello studio; neppure, però, ero causa di delusioni cocenti per la mia famiglia, che, come ogni famiglia umile, vedeva nella buona riuscita degli studi di un proprio figlio una occasione di riscatto. Il rendimento scolastico, insomma, lo si sarebbe potuto definire 'regolare'. Qualche materia a ottobre, un po' di ripetizioni estive a basso costo con un ex militare pensionato, niente di irreparabile. In italiano, solo in italiano, mi facevo un po' notare.

I temi in classe li scrivevo per impressionare la piccola professoressa dai capelli neri. Era come scrivere delle lettere d'amore sapendo che sarebbero arrivate a destinazione. La scuola era un ufficio postale dove il recapito della corrispondenza era gratuito e assicurato. Li leggeva, i temi, quell'adorabile supplente li doveva leggere per forza.

Così riversavo nelle pagine bianche tutto quel che riuscivo a tirar fuori dalla mia complicata – ma allora non potevo ritenerla tale – interiorità. Cercavo di mostrarle il meglio di me, che, a suo giudizio, era un'ombrosa, discreta proprietà nell'esprimere i sentimenti. Il mio scrivere tentava di trascendere le contorsioni intimistiche proprie dell'età. Non sono io a dirlo, non è farina del mio sacco questa definizione. L'espressione è sua, della piccola professoressa, scritta sul retro del foglio protocollo a righe grandi su cui avevo svolto l'ennesimo tema.

Non ho capito esattamente cosa fossero le «contorsioni intimistiche»; il «trascendere», però, era una bella parola, solenne, impegnativa; sentivo che mi faceva onore. Se i moti dell'animo hanno un punto di partenza, se possono essere datati, allora posso dire che da quel momento in poi ho cercato di trascendermi.

Aspettavo con ansia che la piccola professoressa finisse di leggere i compiti in classe. Al termine d'ogni prova iniziava un dolcissimo, fremente, tempo d'attesa. Sin dal giorno successivo aspettavo un qualche cenno di lode, un riferimento, un'allusione positiva al tema svolto. Che quasi sempre arrivava. L'encomio di una fatica, l'allusione ad una bella frase, l'apprezzamento per lo svolgimento del compito, un aggettivo che chiosava un'intensità di parole composte per lei... lo ascoltavo come un messaggio amoroso. La risposta alla mia lettera.

L'accenno di valorizzazione compiuto nei miei confronti da questa giovane donna, e il mio tentativo di corrispondervi, hanno ottenuto il risultato di sottolineare ai miei occhi una capacità, vera o presunta non importa, di cui mi sentivo portatore. L'incipiente qualità è stata da me creduta reale. L'atteggiamento dell'insegnante di italiano mi ha persuaso sin da allora di saperci fare con le parole, di poterle comporre tra di loro creando mondi nuovi. L'amore alle parole, al loro abbracciarsi e sciogliersi, l'amore al significato che racchiudono. L'amore per l'insieme, l'amore per il particolare, l'amore alla materialità così com'è. L'amore per le cose che accadono.

Quella convinzione ha orientato il mio futuro. Fino ad oggi. Anno II della grande peste.

Battaglie quotidiane

María Fernanda spalanca la porta della cucina con la prima luce del giorno. Mette nel gesto l'energia con cui ha fatto fronte anche alla peste nei mesi in cui la pandemia spadroneggiava nella *villa*. Le basta un colpo d'occhio per capire cos'è avvenuto in sua assenza. Chi vi ha mangiato e cosa, chi ha dormito, chi ha saziato i diversi appetiti. Legge i resti della notte come un marinaio il cielo stellato. Capisce al volo quanti commensali si siano seduti, da dove venissero e qual era la loro condizione. Non sta mai a recriminare sul latte versato.

Si rimbocca le maniche con vigore d'uomo, prende il sacchetto dell'immondizia e vi tira dentro gli eccessi della notte con precisione da chirurgo. Devono scomparire dalla vista prima che arrivino gli invitati del nuovo giorno, e l'olfatto non esserne ferito. Poi strofina con l'alcol in gel le stoviglie una ad una. In tempo di pandemia devono essere limpide e monde.

È il suo modo di riconquistare uno spazio che conosce a menadito, piegarlo alla funzione di sempre anche in giorni che non sono come sempre.

María Fernanda passa al cortile subito dopo. Impugna un tubo di gomma per innaffiare, ed uno scopettone per raschiare. Apre il rubinetto e fa correre le impurità lungo lo scolo del patio. Il tubo le balla tra le mani come un serpente, mentre accompagna con il getto d'acqua il tappo di sughero verso il chiusino che lo aspetta con le fauci spalancate.

È la sua opera di carità quotidiana, la sua battaglia contro la pandemia che non ha ancora abbandonato del tutto i suoi domini.

Come la tela del ragno

Non ci si salva da soli dall'aggressione della peste, non foss'altro perché ogni cosa, anche quella apparentemente più insignificante, è collegata ad altre da migliaia di fili invisibili. Bisogna che ognuno faccia la sua parte perché, se di qualcosa siamo stati resi coscienti dall'attacco di questo nemico impalpabile che ha sconvolto il pianeta, è che l'esistenza è percorsa da una rete straordinariamente intricata di condotti, avviluppata da essi come in una fitta ragnatela. Per questo Fastenberg corteggia Adele, per riparare l'antico misfatto del padre attentatore. Lei si arrende all'assedio amoroso del giovane penitente per onorare la volontà della madre genitrice[16]. Davvero i nostri atti ci seguono! Gregorio espia i propri natali incestuosi su di un nudo scoglio. La madre-sorella-sposa contempla sgomenta il proprio peccato[17]. Cosicché diventa impossibile abbassare una chiusa in un punto, interrompere il flusso in uno snodo, senza che in un altro punto l'acqua non scenda di livello.

Di un qualche evento importante si possono seguire i contraccolpi o cercare gli antecedenti. Si può procedere a ritroso, scavare nei meandri di un accadimento sino al punto in cui il destino si sdoppia, prefigurando due differenti alternative che a loro volta non tarderanno a replicare il medesimo dilemma. Op-

[16] Paul Bourget, *I nostri atti ci seguono*, Rizzoli, Milano 2009.
[17] Thomas Mann, *L'eletto*, Mondadori, Milano 2019.

pure si può procedere in avanti con l'immaginazione fin quando la mente non riesce più ad avanzare, e anche la fantasia si ritrae sconfitta.

Anche lo starnuto della vicina interagisce con la totalità della nostra vita cosciente. Infatti, può spandere nell'aria i germi di un contagio che di portatore in portatore può percorrere migliaia di chilometri e arrivare sull'altra sponda di un oceano per infettare masse sterminate di uomini. A maggior ragione se «Le esperienze, gli eventi e le azioni più importanti degli esseri umani non accadono mai in palazzi presidenziali, in castelli o parlamenti, ma nelle cucine, in sale da pranzo e nelle stanze dei bambini»[18].

Qualunque destino, per lungo e complicato che sia, consta in realtà di singoli momenti connessi tra di loro. Apparso improvvisamente nella locanda de La Blanqueada, don Segundo Sombra condiziona la vita del gaucho apprendista fino al suo ultimo giorno[19].

Ha ragione Borges: modificare il passato non è modificare un fatto isolato; è annullare le sue conseguenze, che tendono a essere infinite[20].

Padrinaggio

Ho incontrato Marcos del tutto casualmente un anno dopo la sua sparizione dalla *villa*. Vivo, vegeto... e disarmato, o, ad essere precisi, armato di spugna, shampoo e un tubo di gomma per annaffiare lungo due volte la sua esigua statura. È successo un

[18] David Grossman, *Solo una mujer puede rebelarse*, ADN cultura - «La Nación», sabato 24 aprile 2010.

[19] Ricardo Güiraldes, *Don Segundo Sombra*, Adelphi, Milano 1966.

[20] Jorge Luis Borges, *L'Aleph*, Adelphi, Milano 1989.

pomeriggio in un autolavaggio appena riaperto dopo l'estenuante quarantena. Lavorava lì ancor prima che il governo decretasse le severe misure di isolamento sociale che abbiamo conosciuto, poi l'autolavaggio ha dovuto chiudere e anche per lui il lavoro è venuto meno. Aveva ripreso a lavorare da pochi giorni. Per lo stesso stipendio modesto e la speranza riposta nelle mance che di tanto in tanto gli elargiva qualche cliente.

Quando mi ha riconosciuto si è avvicinato con un grande sorriso sulla faccia ancora sfregiata dal secondo avvertimento. Voleva lavarmi gratis il furgone, ma non sapeva come fare con il proprietario che non avrebbe approvato quella gentilezza. L'ho tolto dall'impaccio dicendogli di lavarmi l'auto in ogni caso, che avrei pagato la tariffa intera senza problemi.

Tra un colpo di spazzola e un getto di schiuma mi ha assicurato di aver messo la testa a posto, di essere uscito dal giro dello spaccio e di non drogarsi più. Era consapevole di essersene andato dalla *villa* appena in tempo, che lo sfregio che gli avevano fatto sulla guancia era veramente l'ultimo avvertimento. Il linguaggio delle gang lo conosceva bene, e sapeva anche lui che non ce ne sarebbe stato un altro.

Quando il Peugeot brillava, poco prima dell'ultimo step con l'alberello odoroso appeso allo specchio retrovisore, Marcos mi ha chiesto il numero di WhatsApp. Gliel'ho dato, naturalmente.

Qualche giorno dopo l'ha effettivamente usato e mi ha mandato un messaggio. Un audio, per essere precisi, perché un giorno, dopo aver chiesto informazioni su un corso serale di alfabetizzazione, mi aveva confessato di non saper scrivere e di essere intenzionato a frequentarlo. Cosa che non è poi avvenuta e ancora adesso non sapeva leggere né scrivere.

Nella breve registrazione mi chiedeva se volessi essere il padrino di battesimo di sua figlia. Non era figlia della fidanzata di quando ci siamo conosciuti nella *villa*, con lei aveva rotto, ma di un'altra donna con cui stava convivendo. Una brava ragazza, mi assicurò rispondendo ad un dubbio che non gli avevo affatto manifestato.

Gli ho risposto di sì, che sarei stato felice di fare da padrino a sua figlia Nicole, così l'avevano chiamata, e gli ho chiesto istruzioni sul dove e sul quando. Era visibilmente contento per la risposta. Mi avrebbe mandato un altro WhatsApp con le indicazioni di giorno e luogo.

Non c'è stato seguito. Marcos ha lasciato anche l'autolavaggio ed è sparito di nuovo nel nulla.

Giornalisti nel tempo della peste 2

Dov'è l'amore, dove la pietà? Guarda bene collega di tante battaglie, osserva con attenzione. Prendi il tempo che ti occorre. Non ti affrettare, considera con giustizia d'intenzioni. Dove la tenerezza che abbraccia la bruttura? Fermati più a lungo, passa il polpastrello sulle fattezze amate, accarezzale, ascoltale palpitare. Dov'è quel furore che brucia, che incenerisce l'orribile corona tentacolata, il dolore che fa scendere le lacrime davanti ai morti?

Non avere paura, guarda meglio. Sporgiti su quel che vedi, stira il collo, prendi il tempo che ti occorre, dimmi. Dov'è il sussulto che disapprova? Il trasalimento che detesta l'imperfetto? Dove sono i peccati, o come altro vuoi chiamarli? Li vedi? Li puoi indicare? Ne puoi parlare con terrore d'innocente? Dov'è lo sgomento? Lo sgomento che afferra alla gola; che stringe l'intestino e scuote il sonno?

E l'indignazione, la rabbia, il furore davanti all'ingiustizia?

La pietà per la peste che cavalca e miete colpevoli e innocenti? C'è meno ingiustizia nel mondo? C'è più equità e salute? Il mondo è più buono da quando ne parli? Da quando lo metti a nudo, lo spieghi, lo rivolti? Ti sembra diverso? Il mondo è forse cambiato in meglio?

Deponi le parole. Posa in terra le armi immateriali. Mettile a riposo per un momento, lasciale dove non possono confondere, e, alfine innocue, discendono in quel punto, in quel luogo della coscienza, della memoria, in quell'istante dell'io – non so bene come chiamarlo – dove vengono avviluppate come la crisalide nel bozzolo.

Per un momento appendi le parole al chiodo, falle invecchiare come si fa per il vino buono. Che prendano sapore, odore, colore. Capisci che ci vuole ben più che l'ordinaria forza – amico mio –, ben altro che le conosciute competenze. Non bastano le tecniche, le studiate astuzie. Non basta la parola ben detta, la volontà ostinata.

Per gente come noi ci vuole di più, ci vuole altro. Ardimento occorre, e audacia. Quello che scorge l'anima quando è grata, che intravede in lontananza il cuore gonfio d'amarezza. Ci vuole un istante di coraggio – amico mio – che di semplicità è fatto. E povertà. Che di abbandono ha le sembianze.

La processione

Fidel si è svegliato quando ancora era buio, come sempre da molti anni a questa parte. Ha cercato il fornello a tentoni e l'ha acceso con uno degli ultimi fiammiferi. Subito dopo ha infilato la scatola sotto uno strofinaccio perché le formiche non la trascinassero via. Si è concesso alcuni minuti seduto sui bordi del letto sfregandosi le mani sulla faccia. Ha poi messo l'acqua nel bollitore che gli ha regalato il fratello che vive in Paraguay con la vecchia madre. La ricorda sempre quando inizia la giornata, perché il mate glielo preparava lei prima che se ne andasse in Argentina per cercar miglior sorte. Ha pensato anche ad Erminio, l'altro fratello, il maggiore, anche lui emigrato in Argentina, e alla sua agonia nell'ospedale, lontano da casa. Non ha potuto visitarlo, e dire che ci ha provato. Ma non c'è stato niente da fare. È morto da solo e senza fiato dietro una tenda di plastica trasparente.

È stato un buon tempo seduto sullo sgabello sorbendo l'infuso e pensando a queste cose e a quello che lo aspetta nella giornata che inizia. Ha anche pregato la Madonna di Caacupé nel giorno del suo anniversario. Per Erminio, per la madre inferma, per i figli vivi e quelli morti, anche per alcuni che non conosce. In realtà lo fa tutte le mattine, ma questa volta si è raccomandato in modo speciale alla *ka'a kupé* stellata, la Madonna del mattino. Quest'anno di pandemia toccherà a lui e al suo baio il privilegio di trasportarla per le strade della baraccopoli dove è andato ad abitare.

Fidel si è buttato una coperta sulle spalle a mo' di scialle ed è uscito dalla capanna quando la prima luce filtrava tra i mattoni mal cementati. Ha controllato che nella damigiana fuori della porta ci fosse ancora dell'acqua e ne ha versata un po' nella tinozza. Si è lavato la faccia senza asciugarsela come faceva da bambino ed ha incominciato ad armeggiare attorno al carro.

Ha accarezzato il baio come fa tutte le mattine quando gli slega la cavezza e lo lascia andare libero per cercare dell'erba. Lo aspetta un giorno faticoso, gliel'ha bisbigliato in un orecchio prima di sfilargli le bardature, perché è bene che lo sappia. Cavallo avvisato mezzo salvato, pensa sorridendo da solo. Dovrà tirare il barroccio con la statua della Madonna di Caacupé per le strade della *villa*, lui davanti e padre Pepe e suor Patricia dietro con il microfono e la chitarra. Non sarà una processione come le altre, anche questo lo sa. Poca gente, e tutta ben distanziata. Molte soste in punti stabiliti, preghiere davanti alle porte delle case. Il tempo che dura un canto e qualche avemaria e avanti fino alla prossima tappa. Non è ancora tempo per le grandi cerimonie.

La Madonna riciclata,
ovvero la bellezza degli scarti

Il braccio meccanico della gru la solleva come una piuma e la deposita sul trono di pietra preparato per lei alle spalle di un hangar. A poche centinaia di metri inizia una popolosa *villa miseria*, e a meno ancora si intravvede la stazione ferroviaria attorno a cui sono sorte le baraccopoli di León Suárez. Sarà il nuovo santuario della Madonna Riciclata, tra un cavalcavia e l'edificio di uno stabilimento ferroviario che un tempo non lontano fungeva da rimessa per le locomotrici. Con queste ultime, del resto, ha molto in comune. Perché quella di Alessandro Marmo, un artista argentino noto per disseminare la città di monumenti del tutto singolari, è una Vergine speciale. Non di materiali nobili, come sogliono essere le sculture religiose, non di stoffe e tessuti raffinati come si addicono alle Madonne barocche dell'America Latina, ma di metallo.

Marmo recupera frammenti di ferro da fabbriche chiuse e da officine abbandonate e li incastona come pietre preziose di una costruzione nuova. Viene alla mente il salmo 117 e la famosa pietra scartata dagli architetti che diventa pietra d'angolo. Marmo toglie gli scarti – *descartes* in spagnolo, *desechos* in America Latina – dalle nebbie dell'abbandono e li ricompone in forme nuove. Li strappa letteralmente ad un destino di sfiguramento per trasfigurarli in figure riverite. Il papa ha colto nel segno quando, davanti alle sue opere collocate nei giardini vaticani, ha parlato di «un messaggio al mondo che fin quando non ritorni il Figlio dell'Uomo non c'è niente di perso, nulla di scartato». Come la Madonna Riciclata, appunto, composta di pezzi di trattore, sbarre di ferro arrugginite, delle catene di varia provenienza, residui, tutti, passati per le mani callose di operai dell'industria di Stato e privata, messi da parte a loro volta da un modello economico che ha più considerazione per la materia prima che per chi la lavora.

La gente delle baraccopoli, con i viandanti che transitano per la vicina stazione ferroviaria, si ferma per recitare qualche avemaria ai piedi di quella Vergine impastata di ferro con cui stabilisce una familiarità insospettata. Forse perché riconoscono un po' di sé stessi in quei rifiuti assemblati e ricomposti nella forma venerata della Madonna di Lujan, ai cui piedi cercano protezione dai colpi della vita, che oggi hanno la forma di virus invisibili e spietati.

Ambientalismo *villero*: «Dal di dentro e dal basso»

In un punto della periferia di Buenos Aires, al margine di una *villa miseria* molto nota, c'è un grande spiazzo circondato da baracche di legno. La maggior parte delle casupole ha il tetto di lamiera con delle pietre sopra perché il vento non se lo porti via. Lungo il perimetro dello slargo, tra una baracca e l'altra, ci sono anche delle case in muratura più che modeste.

Tutti gli abitanti ricordano quando il terreno era un immondezzaio, una sorta di discarica dove i riciclatori – l'attività prevalente di questi luoghi – abbandonavano i residui della raccolta, quelli che non servivano più a niente e non avevano alcun valore commerciale. Gli scarti degli scarti, insomma. Ma anche con il terreno in queste condizioni, i ragazzini uscivano dalle catapecchie per giocare tra le montagne di rifiuti.

Ogni tanto partiva una qualche iniziativa dei residenti più volenterosi per ripulire il terreno. La soluzione più collaudata, la più semplice ed economica, era quella di bruciare i rifiuti. Allora per diverse ore al giorno le colonne di fumo denso ristagnavano sulla *villa* come nubi d'estate. Un paesaggio da far invidia a *Blade Runner* di Ridley Scott. Una volta che anche i resti inceneriti erano stati dispersi si otteneva un terreno relativamente pulito. L'unico inconveniente è che non rimaneva tale a lungo. Tempo un paio di settimane e i rifiuti ritornavano ad ammonticchiarsi, crescere in altezza, finché le stalagmiti di spazzatura puntavano di nuovo le loro dita maleodoranti verso il cielo.

La chiesa del posto ha cercato di maturare una coscienza ecologica negli abitanti della *villa*, con il proposito di recuperare spazi deteriorati per restituirli ai giochi dei bimbi e alle partite di calcio dei ragazzi senza far correre loro il rischio di ammalarsi di *dengue* o altre affezioni infettive dovute alla insalubrità. Dalle autorità municipali – dopo non poche pressioni – si è ottenuto che lo spiazzo venisse ripulito con una certa periodicità, e dalla popolazione che vive tutt'intorno che i rifiuti venissero depositati in grandi contenitori posti ai margini.

Oggi, in questo slargo un tempo sporco e desolato, tre salici crescono tenaci contro ogni avversità, qualche eucalipto risparmiato dai fuochi purificatori adesso protende le fronde verso l'alto, mentre più in basso una casuarina dalle foglie squamose cerca di farsi largo tra le pietre. Anche il leggendario ceibo è tornato a fiorire, mentre il ritardatario jacaranda è prossimo a farlo. Il paesaggio si è così trasformato, e la trasformazione continuerà. I protagonisti del cambiamento sono stati gli stessi residenti, alcuni di loro al principio, che hanno contagiato poco a poco anche altri vicini che hanno dapprima immaginato, poi visto con i loro occhi il miglioramento dell'habitat circostante.

La *Laudato si'* del papa argentino non è passata invano.

«Non c'è cambiamento reale e duraturo se non si produce 'dal di dentro e dal basso'»,[21] rispondeva poco tempo fa papa Francesco ad un giornalista di una agenzia argentina che lo interrogava sui tanti problemi del suo continente. Dal di dentro e dal basso. E questo vale per tutto, anche per i cambiamenti ambientali così necessari oggi.

Il principio ordinatore del mondo

Solidarietà e perdono, l'una a braccetto dell'altro ed entrambi praticati in una misura più abbondante in questi mesi infetti. Per tanti uomini il tempo della pandemia è stato anche quello di un coinvolgimento più sollecito e gratuito con le necessità degli altri, più incline al riconoscimento dei torti fatti e al perdono di quelli ricevuti.

La percezione appena detta, frutto dell'osservazione sul terreno, viene confermata adesso da più di una inchiesta. Nella città di Buenos Aires e nella sua sterminata provincia due persone su tre hanno affermato di aver aiutato una persona o una organizzazione che in qualche modo si prendeva cura di altri. E di questi una buona metà ha dichiarato di aver aiutato persone vulne-

[21] Papa Francesco, *America Latina. Conversazioni con Hernán Reyes Alcaide*, Edizioni San Paolo, Cinisello Balsamo 2019.

rabili e collaborato con istituzioni impegnate con la povertà. Un altro dato che non sorprende è che tale aiuto si è concentrato sul prossimo nel senso letterale della parola, cioè su chi vive nelle vicinanze, sullo stesso territorio in cui si risiede. Solo una minima parte, tra il 5 e il 7 per cento degli interpellati, lo ha fatto ad un livello più grande – provinciale, regionale o nazionale – e meno ancora – un 2 per cento – a livello internazionale. Questo significa che il vicino, colui che si incontra nello stesso circondario, muove e commuove più del lontano. La solidarietà poi – altro dato significativo – è stata su cose primarie: cibo, tetto, vestiario, medicine, consulenze professionali gratuite, fino alla donazione di organi, che apprendiamo aver registrato un robusto aumento in questi tempi infetti, in molti casi come ultima offerta, quella del proprio corpo, di chi non ce l'ha fatta a sopravvivere.

Nei giorni della grande paura ci sono stati anche momenti di grande perdono. Torti di lunga data che opponevano gli uni agli altri si sono sciolti, lontananze che sembravano incolmabili sono sparite, certe separazioni si sono mitigate e talune divisioni sono diventate meno intransigenti. C'è più comprensione negli ambiti più umili, e la vita oggi pericolante è apprezzata quanto più la si sente minacciata.

Un saggio frate argentino avvezzo al confessionale, che a suo tempo ha ascoltato i peccati del papa suo connazionale, argomenta che «La misericordia accetta che non io ma un altro è il principio ordinatore del mondo». E così facendo pianta nella vita «un punto di contestazione dell'egoismo, dell'affermazione di sé, una barriera al dilagare dell'intolleranza e della violenza, ma anche un principio attivo di riconciliazione»[22].

[22] Luis Dri, Andrea Tornielli, Alver Metalli, *Non avere paura di perdonare*, Rai-Eri, Roma 2016.

Per questo il perdono è più mobilitante; più e più profondamente di qualsiasi autocritica o di un saggio incitamento a correggere i propri vizi. Non che l'una e l'altro non offrano beneficio a chi li pratica: un atteggiamento ironico e l'esercizio di interrogarsi, come anche l'ascolto di buoni consigli, se cordialmente ricevuti, sono indice di un animo malleabile. Solo che il perdono e la correzione sono due cose diverse, appartengono ciascuna a due differenti movimenti dell'animo. L'efficacia del perdono è superiore agli esiti migliori della fatica del ravvedimento.

Tornano le Madonne delle *villas*

La pandemia passa, le Madonne dei suburbi no, e indossano i loro abiti migliori per ricevere i pellegrini che ritornano. La Virgen de Lujan occupa il cuore profondo delle *villas miserias* di tutta l'Argentina, con il suo schiavo, il negro Manuel, che ricorda da vicino l'indio Juan Diego, il custode dell'ancor più famosa Madonna messicana di Guadalupe. A lei, alla Madonna argentina per antonomasia, il popolo delle *villas* ricorre in vari momenti dell'anno, quelli comandati e quelli dettati dalle vicissitudini personali che nel tempo della grande peste si sono moltiplicati.

La Madonna di Itatí, dopo quella di Lujan, riscalda il cuore degli immigrati di una provincia argentina del Nord, Corrientes; alla Vergine del Valle ricorrono i figli della grande corrente migratoria proveniente dalla provincia di Catamarca mentre l'antichissima Madonna di Huachana protegge le genti di Santiago dell'Estero.

Per gli emigranti della provincia di Jujuy c'è Nuestra Señora del Rosario de Río Blanco y Paypaya, che nel mese di ottobre essi pongono al centro di adunate festive di notevoli dimensioni. Alla Virgen de la Puerta i peruviani riservano grandi onori, come si conviene ad una madre che, come ha difeso la città di Trujillo dalle scorribande dei bucanieri nel secolo XVII, difenderà anche i suoi figli che si sono stabiliti nelle baraccopoli dell'Argentina[23]. Rosa di Santa Maria, al secolo Isabel Flores de Oliva, la prima dei santi americani, grande seguace di un'altra santa, Caterina da Siena, accompagna anch'essa i peruviani che si sono stabiliti nelle *villas* argentine forte del titolo di patrona delle Americhe, del Nuovo Mondo, delle Filippine e delle Indie Occidentali.

La *mamita* di Urkupiña attraversa le Ande della Bolivia con il piccolo Gesù tra le braccia per offrirsi ai figli di questo paese immigrati a centinaia di migliaia nelle baraccopoli dell'Argentina. Quella di Caacupé, tra le Madonne d'importazione è la più popolare. Il ridotto dei paraguaiani la pone al centro delle proprie invocazioni in pressoché tutte le ricorrenze patrie e religiose. Giunse nelle *villas* di Buenos Aires nell'agosto del 1987, quando i *villeros* del sacerdote José Maria di Paola viaggiarono fino al suo santuario, nelle vicinanze di Asunción, ritornando poi sui propri passi con una delle rare repliche. La incoronarono nella *villa* urbana più popolosa della capitale, la 21-24 dei quartieri di Barracas e Nueva Pompeya. Da allora è a lei, alla Vergine india di *ka'a kupé*, che i paraguayani dedicano feste e processioni con decine di migliaia di devoti.

Ai paraguayani e alla loro Madonna rispondono i boliviani

[23] Pio XII le dette il titolo di Regina della Pace universale nel 1942 mentre era in corso il secondo conflitto mondiale. Un altro papa, quello regnante, ha voluto insignirla mezzo secolo dopo con l'onorificenza di Madre della Misericordia e della Speranza.

con la loro, quella di Copacabana, una delle vergini, con quella di Guadalupe in Messico, tra le più popolari dell'America del Sud. Nelle *villas* si stabilisce in epoca recente, dalle mani di un camionista e di una infermiera della parrocchia di San Cayetano[24]. Ogni mese di agosto, quando ricorre la sua festività, le strade delle *villas* argentine si colorano di celeste, gli stretti corridoi tra una casa e l'altra rimbombano di ritmi degli altopiani andini mentre i giovani e le giovani di questa nazione esibiscono le danze più tradizionali.

Alle Vergini *villere* si aggiungono le più antiche Madonne del vecchio continente, Fatima e Lourdes in testa, che nelle *villas* hanno i loro devoti, e i loro luoghi di devozione, cappelle, santuari, grotte, come si conviene a due storiche apparizioni.

Nota per i posteri

Ricordo perfettamente il giorno in cui sono venuto a vivere nella *villa*, una domenica pomeriggio di fine settembre, l'anno dell'elezione a papa di Bergoglio. Portavo con me due valigie. C'era dentro tutto quello che pensavo mi sarebbe servito nel nuovo tempo che iniziava. Dei vestiti, l'indispensabile per la stagione fredda di queste latitudini, più lo strettamente necessario per quella calda che le succede; dei libri anche, pochi, quelli di cui sentivo di non poter fare a meno; e gli strumenti di lavoro: un mini-disk Sony, molti piccoli cavi, alcuni microfoni, un pacco di

[24] Nel mese di agosto del 2017 una coppia residente nel quartiere di Liniers, a Buenos Aires, viaggiò sino alla località boliviana di Villazón, nel Sud della Bolivia, dipartimento di Potosí, e fece ritorno al santuario di San Cayetano con la copia della statua di Nuestra Señora de Copacabana, che venne poi intronizzata in *villa* Carcova nella località di León Suarez.

mini-dischetti digitali, e una foto sbiadita incorniciata in un telaio di legno di poco spessore. Non me ne sono mai separato, l'ho portata con me in tutti i paesi dove sono stato da quarant'anni a questa parte[25].

Scrivo queste note otto anni dopo il momento dell'arrivo nella *villa*. La fase più acuta della peste, come la chiamano in questi luoghi, è passata. Non del tutto, è vero: in alcune province dell'Argentina si muore ancora di Covid; ma forse il peggio è alle spalle. I morti sono stati inceneriti, come disponevano le autorità sanitarie. Il sapore dell'assenza è un veleno amaro che intristisce gli occhi, e la morte una megera invincibile che sogghigna con la sua bocca scura. I vivi stanno ricucendo le molte ferite aperte: familiari, amici, vicini di casa scomparsi, attività economiche compromesse, il lavoro decurtato. La vita nella baraccopoli, che già era in equilibrio precario, è stata scompaginata da uno tsunami lungo due anni. La fragile economia delle *villas miserias* messa in ginocchio.

Sono stato testimone di questo sconvolgimento, lo sono tutt'ora che nella *villa* continuo a vivere. Lo sono stato – e lo sono – anche di una formidabile risposta. Una solidarietà generosa, caparbia, contagiosa, che ha sfamato migliaia di persone tutti i giorni, ha realizzato rifugi per l'isolamento degli infetti, ha allestito ricoveri per chi era a rischio, ha disinfettato strade, cortili, piazze, giardini e scuole perché potessero giocarci i più piccoli con una certa sicurezza. Una reazione che ha avuto in un gruppo di sacerdoti l'anima ispiratrice e la spinta organizzativa. Non sarebbe completo il quadro della tragedia se non includesse le gesta di riscossa che l'hanno accompagnata. Eroiche, cre-

[25] Vedi *Futuro con pandemia*, p. 19.

ative, collettive. Con quello che questi aggettivi scelti con cura sottendono.

La solidarietà, soprattutto quando abbraccia una popolazione vasta ed è prolungata nel tempo, non è qualcosa di automatico e neppure si improvvisa da un giorno all'altro. Non bastano gli appelli ad essere solidali per moltiplicare le solidarietà, non bastano le esortazioni a condividere con gli altri tempo, energie e risorse. Non basta la grande provocazione che rappresenta il dolore dei vicini per generare e sostenere una azione di aiuto reciproco organizzata e, se si vuole, sistematica, che abbraccia cioè tutto l'arco delle necessità primarie acuite da una crisi prolungata, mai conosciuta prima.

Per poter alzarsi in piedi e far fronte ad avversità che toccano indistintamente la vita di tutti ci deve essere una sensibilità educata al bisogno, una catena di esperienze piccole e grandi di aiuto alle necessità degli altri, una attenzione all'altrui precarietà, affinata da gesti precedenti di amore al prossimo, uno sguardo di simpatia verso i fratelli uomini estratto dal di dentro di ciascuno e coltivato nel tempo. Ci deve essere una concezione cristiana della vita resa costume per reagire con umanità alla disumanità.

Quello che è avvenuto in epoca di pandemia, la grande mobilitazione che si è vista in azione nelle baraccopoli, ha un retroterra di fede – sostenuta, sviluppata e tradotta in opere – che è del singolo ed è del popolo. Un retroterra di devozione popolare. Fatta di invocazione dei santi, di imitazione delle loro virtù. Di confidenza nella Madonna. Di rosari e di giaculatorie.

Gente che ha dovuto isolarsi in casa per ragioni di salute, persone anziane, altre a rischio per patologie precedenti l'insorgere della pandemia, che pregava per tutte le altre che rischiavano la salute nel servizio agli altri. L'*ora et labora* di benedettina memoria divenuto pratica quotidiana nel presente.

Spiragli

«Il palpito della vita esige un interstizio, appena lo spazio di cui ha bisogno un palpito per continuare a vivere, e attraverso di esso può entrare la pienezza di un incontro, come le grandi maree possono filtrare anche nelle dighe più fortificate. Oppure una malattia può essere l'apertura, o lo straripamento di un miracolo qualsiasi della vita: una persona che ci ami nonostante la nostra chiusura come una goccia che colpisse incessantemente contro le alte mura».

Ernesto Sabato

Inizi

La *villa* ha molti inizi. Sono concentrati in pochi istanti, nel chiaroscuro del giorno che comincia. Di primo mattino gli uomini e le donne camminano con passo veloce per le stradine della *villa* sempre più numerosi. Vanno nella stessa direzione, con la mascherina premuta sul volto, verso la fermata dell'87, il solo autobus che si spinge ai confini del suburbio per raccogliere passeggeri. Segno che anche il lavoro sta riprendendo e chi ha potuto mantenerlo va all'appuntamento quotidiano con il dovere. Betta e il Polacco si sposeranno la prossima settimana. Il matrimonio l'avevano progettato prima della pandemia, ma i preparativi si erano fermati sulla soglia della quarantena. Adesso il giorno in cui diventeranno marito e moglie è stato nuovamente stabilito e gli inviti alla festa stanno per partire.

Ogni inizio nella *villa* racchiude un futuro. Una promessa, un destino che si realizzerà, di vita o di morte, qualcosa che dovrà avvenire e ancora non si è manifestata. La vita di Placebo cambia di botto la mattina di giovedì, quando suona il cellulare e una voce lo convoca al colloquio d'ammissione al programma di lavoro d'emergenza per quelli che la pandemia ha lasciato sulla strada. Lui non ci sperava più. Aveva ripreso le scorrerie con il Gordo Marcelo e il Cileno dall'altra parte del raccordo anulare. Gli daranno un lavoro di spazzino di quartiere, forse. Di più, lo sa, non può aspettarsi. Ma va bene anche così. Quel debito con il Russo è sempre lì, e se gli dice che avrà un lavoro, aspetterà per riscuotere i soldi che gli deve.

Diego Javier Carrizo detto Dracu è ai bordi del campo e aspetta il fischio d'inizio. È seduto sulla nuova sedia a rotelle dall'aerodinamica disegnata per terreni accidentati. Oggi si torna a giocare dopo un anno e mezzo di inattività. Ha convocato i suoi ragazzi uno per uno, e gli ha detto cosa mettere nella sacca e dove andare. Qualcuno non l'ha trovato nel solito posto, qualcun altro non ha risposto al telefono. Justino el Tero s'è fatto beccare ancora, l'Araña ha seguito la vecchia madre nella casa di una sorella che vive fuori della *villa*, Plomo non ha più i polmoni di prima dopo essere stato contagiato dalla peste ed aver trascorso due settimane in terapia intensiva, il Flaco ha trovato lavoro e con gli orari che deve fare non potrà allenarsi più. Il Pelato non vedeva l'ora di iniziare a giocare. S'infila gli scarpini seduto sul primo gradino degli spalti. Glieli hanno regalati i giovani del River Plate per il suo compleanno, trascorso in quarantena per la seconda volta come quello dei suoi compagni. Sfiora i tacchetti con riverenza. Gli hanno detto che sono stati studiati per i velocisti come lui, Rodríguez, Pavón, Ibarra, Carlos Tévez, il suo idolo dopo Maradona che non si discute e meno che meno da morto.

Eriberto e Maria Dolores sono sopravvissuti alla pandemia, il cane, invece, non ce l'ha fatta. La vecchiaia, dicono. Il guinzaglio penzola dalle inferriate del cancello di casa. Lei non ha voluto buttarlo, non si sa mai che serva per un altro cane, lui invece non ne vuole sapere di sostituirlo, a quella bestia si era proprio affezionato. Lei ha il vestito nero che indossa sempre, lui un pullover blu che gli hanno portato le donne della Caritas della parrocchia.

Il pendolo del potere si è fermato. La *Grieta* argentina[1] divora i propri figli come il Saturno di Goya. Ci si scontra su tutto come prima della pandemia: sulle politiche per la ripresa, su tempi e modi per il ritorno alla normalità, sui vaccini che arrivano con il contagocce e sul modo di somministrarli.

Felícita è seduta sulla porta di casa, nel fondo della *villa*. Dietro di lei si intravede la stanza di mattoni non intonacati e la statuetta della Madonna di Lujan sotto il tetto di zinco, un letto accostato alla parete, due sedie ed una panca. C'è anche un attaccapanni a tre pomoli che non ci si aspetterebbe di trovare in una casa come la sua. I suoi capelli sono arruffati come l'anima. Un figlio ricciolino le si afferra alla gonna, un altro si arrampica sul grembo come se scalasse una montagna. Non sa chi è suo padre, e probabilmente non lo saprà mai. Una notte, quattro uomini hanno abbattuto la porta d'assi della sua baracca e l'hanno bagnata di sudore e sperma mentre la pioggia picchiettava sulla lamiera, poi se ne sono andati alteri, senza vergogna, lasciandole quel figlio che preme nel ventre. Gonzalo entra ed esce di casa sventolando un foglio di giornale. Lo appoggia a terra e lo accartoccia cercando di dargli la forma di una barca per farlo navigare nello scolo che passa davanti a casa. Quando infine ci riesce appoggia la barchetta sul rigagnolo e la insegue

[1] Espressione del linguaggio corrente con cui si indica una spaccatura storica ritenuta insanabile.

mentre corre veloce verso il basso. La barchetta si ribalta di lato e l'acqua le passa sopra. Jessica strilla la sua rabbia al mondo, ma il mondo la ignora. Matias il prediletto di Felícita non c'è, è con un'altra mamma che – le hanno detto – può dargli cibo e affetto.

Pereira detto Mortadela si è fatto più audace di quanto non lo fosse in quarantena e ha allargato il perimetro delle sue escursioni. Adesso si spinge ai confini, dove la *villa* lambisce i binari della ferrovia. Ha un nuovo carretto per l'immondizia, come si conviene a chi ha guardato in faccia la gorgone Medusa nelle strade senza esserne pietrificato. Il momento è arrivato per il baio di Fidel. Domenica porterà in processione la statua del *gaucho bandolero* per le strade della *villa* con il popolo dietro in carne ed ossa che ne canta le virtù. Padre Pepe esce dalla stanza quando il sole non è ancora spuntato, come tutte le mattine. Attraversa il cortile fino alla vasca della lavanderia. Piega la testa in avanti e apre il rubinetto. Lascia scorrere l'acqua per un buon tempo. Inizia in questo modo un altro giorno di bene, lavando i suoi lunghi capelli stinti dalle intemperie. Alla sua porta c'è già chi tende la mano. E l'anima ferita.

Quelle di Flordelisa e Noelia hanno preso la strada del cielo. Noelia è morta dopo un'agonia che non le ha risparmiato sofferenze nonostante le cure palliative delle ultime settimane. Aveva appena compiuto 22 anni. Voleva rivedere il padre e i fratelli che vivono in Paraguay, ma la frontiera tra i due paesi era ancora chiusa quando la morte è venuta a prenderla. Voleva anche rivedere Veronica, una ragazza in sedia a rotelle con cui aveva stretto amicizia negli ultimi tempi. La mamma ha fatto di tutto per portare il corpo di Noelia in Paraguay e almeno da morta ricongiungerla alla famiglia che non l'ha vista da quando lei è venuta in viaggio in Argentina all'inizio del 2020. Ma non glielo hanno permesso. Lei non ha voluto che la cremassero: per una paraguayana devota alla Madonna di Caacupé il corpo è importante, da vivi e da morti. È riuscita a seppellirla nella terra di un cimitero di periferia. Sulla tomba vigila la Madonna della Medaglia Miracolosa che Noelia ha stretto tra le braccia sino alla fine. La lapide costa 35 mila pesos argentini. Per riunirli la madre sta vendendo porzioni di pollo cucinato. Non ha rinunciato a portare Noelia in Paraguay, ma questo avverrà con il tempo.

I riciclatori seguono la pista del rame come un rabdomante l'acqua e quando lo trovano bruciano il bottino di fili colorati sotto il cavalcavia dell'autostrada. L'aspro odore della plastica si espande nell'aria come incenso, mentre il fumo si attorciglia verso l'alto e annerisce l'arcata del ponte. Aggira la volta di cemento e continua la sua ascesa sin dove le auto sfrecciano perforando la nuvola bianca. I fili elettrici non si salvano, i cavi della luce che penzolano a portata di mano vengono strappati e pelati come bucce di banana, i trasformatori smontati e portati distanti dagli occhi indiscreti dei passanti per essere aperti come ostriche. Anche le tubature a base di rame sono dissotterrate e passate al fuoco purificatore. L'interno di forni a microonde sono un bottino ricercato, come i depuratori d'acqua e i condizionatori d'aria. Tutto finisce liquefatto e ricomposto in forme sferiche che con piccoli trucchi del mestiere vengono appesantite prima di essere pesate nei punti di raccolta. Non c'è nulla che vada perso, neppure la polvere di rame, che al mercato ha il suo valore per nulla disdegnabile. Da alcuni mesi il mercato informale lo paga bene e i riciclatori conoscono le sue oscillazioni come dei bookmaker di lungo corso.

María Fernanda ha la pennellessa in mano e la immerge con cautela in un barattolo di tinta color legno in equilibrio su una sedia. Ha deciso di verniciare d'azzurro il tavolo della mensa dopo il passaggio della pandemia. Il tavolo si allungherà di nuovo e si restringerà come una fisarmonica tutti i giorni, a mezzogiorno e sera, finché l'ultimo commensale non si sarà sfamato. María Fernanda è la cuoca dei poveri. Prima di venire a vivere nella *villa* è stata a servizio di una donna dell'alta società fino alla sua morte. Una morte da ricchi in una casa da ricchi in un quartiere di ricchi. Non è stata la sola nobildonna che ha accompagnato sino alla fine dei propri giorni. María Fernanda ha fatto la governante per tutta la vita, sin da quando, ancora bambina, ha lasciato Pedro Juan Caballero, nel Paraguay, per Buenos Aires, di cui appena sapeva l'esistenza. Adesso fa la cuoca in una mensa di poveri, nella cappella di una *villa miseria* dove padre Pepe ha piantato il suo quartier generale, e dove i commensali arrivano senza preavviso e si siedono attorno alla tavola per mangiare. E qualcuno, perché no, anche per dormire.

Il Re delle Salsicce batte le strade della *villa* come prima dell'arrivo della peste. Grida ai quattro venti che le sue sono le migliori. Ha cambiato il tettuccio del carretto. Questo è di un rosso stinto e nelle fasce laterali c'è il disegno di un salsicciotto in mezzo ad un pane soffice tagliato in due metà. I cani di Ignacio il produttore di formaggi gli vanno dietro senza perderlo di vista. Seguono il carretto a distanza annusando i solchi delle ruote. L'Angelo sterminatore non conosce riposo e anche in quarantena ha regolato i conti in sospeso. Il *Sapo* è morto in ospedale con uno sparo al collo che lo ha dissanguato. Donna Victoria sua madre ha un nipote in giro per casa che ha già preso il suo posto.

Guadalupe ha il suo da fare per ripulire le stanze dalla polvere che si è depositata nella casa delle donne. Poi irrigherà i 28 olivi sul fondo della *villa*. Alle pianticelle si sono aggiunti due virgulti. Sono per i figli di Eusebia di Santiago dell'Estero e della boliviana Juana che hanno partorito in quarantena. Un maschietto la prima, una femminuccia la seconda, in barba alla peste. Da quando la casa delle donne ha riaperto i battenti anche Felícita sa cosa fare della sua vita. Andrà lì con le altre donne tutte le mattine dalle nove in poi. Sono arrivate delle macchine da cucire, c'è tela e filo buono e qualche soldo le hanno promesso che arriverà anche per lei. L'onda della pandemia si ritira lentamente come una marea. Nel Tropezón ricominciano le danze: la scuola di folklore convoca alle prove come ogni giovedì prima della quarantena.

La vicina cappella dedicata al Sacro cuore di Gesù dà di nuovo la merenda tutti i giorni alle cinque del pomeriggio, come faceva prima della pandemia; fuori del cancello i bambini vociferano aspettando il *mate cocido* con i biscotti. Anche la banda degli Eleganti ha ripreso le prove ogni settimana. *Bombos*, *redoblantes* e *repiques* tornano a far sentire le loro sonorità, le trombe soffiano le note verso l'alto, quelle grevi dei tromboni precipitano a terra attirate dalla gravità.

Romulo inchioda lo specchietto di un'auto sulla facciata della sua baracca. L'ultima briciola caduta dal banchetto dei ladruncoli di macchine. Le rubano i più giovani nei quartieri benestanti, e le portano sul fondo della *villa* dove le spolpano come tanti piranha. Poi gli danno fuoco per renderle irriconoscibili, lasciando lo scheletro ad ossidarsi al sole. All'ultima automobile Romulo ha tolto il sedile prima che la spingessero nel fossato a far compagnia alle altre. Adesso fa bella mostra di sé davanti alla sua baracca.

Nella *villa* i muralisti della cooperativa Cruz del sur hanno dipinto un nuovo *mural* con il volto di Maradona «gambeteando eternamente junto a Jesús y a la Virgen». La gente della *villa* ha già iniziato il pellegrinaggio al 10 più famoso della storia e si scatta foto davanti a lui. Un bambino si allontana trionfante con un bottino di banane stretto in mano. Gliele hanno date nella mensa della scuola che ha riaperto questa settimana. I pochi anni gli danno un'aria di giocosa irresponsabilità. Non sa bene cosa sia successo in questo tempo di reclusione, ma non c'è traccia di timore sul suo volto.

Il vento passa sull'erba ingiallita, calpestata dai passi senza direzione. Delle allegre risate di bambino rianimano gli steli avvizziti. I muratori sono all'opera, chi tira i puleggi, chi allinea i mattoni, chi leviga l'intonaco con il frattazzo. Nei cantieri silenziosi sino a qualche settimana fa le betoniere riprendono a girare. David ha riaperto la barberia. Taglia i capelli protetto da una maschera trasparente che gli scende sul viso. Non è ancora il momento di abbassare la guardia, gli hanno detto, e lui obbedisce di malavoglia.

Rosa, anche lei, è sopravvissuta alla pandemia. Le gambe, però, non la sostengono più. Ha dovuto accettare una sedia a rotelle e qualcuno che la spinge per le stradine della *villa* che prima percorreva afferrata al carrello della spesa. Canta la *Galopera* come faceva prima della pandemia, la Galopera paraguaiana dalle trecce fiorite che disseta il pellegrino con l'acqua dell'amore.

Radio Cristo de los villeros annuncia che sabato il mercatino del vestiario usato riapre i battenti. I soldi dell'incasso andranno a donna Cleride per delle medicine strane e molto costose che la mutua non le vuole passare. Nella casa dei *borrachines* c'è un nuovo arrivo. L'ombra dello smarrimento gli vela le pupille. Ramon viene da Villa Ballester. Viveva in strada, e di notte dormiva su un materasso sotto la tettoia di una fermata dell'autobus. Iuvencio, invece, è stato ricoverato in un ospedale della zona e la prognosi non è buona. I medici non gli danno molto da vivere.

I ragazzi dell'Hogar de Cristo sono alle prese con il nuovo passo. Hanno accettato che le redini della loro esistenza passassero nelle mani di qualcuno dal potere straordinario, capace di dischiudere una vita degna di essere vissuta. Era il secondo passo. Adesso bisogna concentrarsi sul terzo: quello della decisione, come lo chiama Erminio. La prima vera decisione della loro vita, libera dalla schiavitù della droga. Che ha ripreso a circolare come prima, più letale della peste. Trecento pesos ogni bustina, cinquecento due bustine in offerta.

Emilio guarda la strada dalla finestra della sua stanza nella casa degli anziani. Il volto ha una espressione seria. Interrogativa allo stesso tempo. Con il suo carico di anni neppure lui sa bene il perché di quel confinamento che qualcuno ha voluto che facesse per tante settimane. Marcos è riapparso nella *villa*. Toccata e fuga, per il momento. Per fiutare l'aria che tira. Poi si vedrà. La venditrice di biglietti della lotteria gli ha detto di fare attenzione. Lui spera che la peste abbia portato via anche i debiti. Nella Chiesa ospedale da campo di Bergoglio c'è posto anche per Facundo, del gruppo giovanile dei missionari di don Bosco. Sul cappellino è stampato il volto stilizzato del santo torinese. La visiera informa che il volontario appartiene a una delle numerose *villas miserias* della località di León Suárez, alla periferia di Buenos Aires. Svolge il suo servizio con convinzione, il viso ha i segni della stanchezza, ma il gesto esprime l'ottimismo di un lavoro ben fatto e la speranza in un futuro migliore.

Tra sette giorni sarà Natale. Il Figlio di Dio nascerà ancora una volta nella *villa*.